徳 間 文 庫

貧乏神あんど福の神

なぞなぞが謎を呼ぶ

田 中 啓 文

徳 間 書 店

目次

主な登場人物

葛幸助（かつ こうすけ）
筆作りの内職で
糊口を凌ぐ貧乏絵師。
お福旦那（ふくだんな）
正体を隠し
遊び歩く大金持ち。
亀吉（かめきち）
弘法堂という
筆屋の丁稚。
弘法堂
キチボウシ
瘟鬼。幸助の家に
棲みつく厄病神。
普段はネズミのような
姿で現れる。

古畑良次郎（ふるはたりょうじろう）

西町奉行所の定町廻り同心。

問多羅江雷蔵（といたらえらいぞう）

天下一のなぞなぞ屋を自称する男。

恵比寿堂飯兵衛（えびすどうはんべえ）

買次問屋の主。

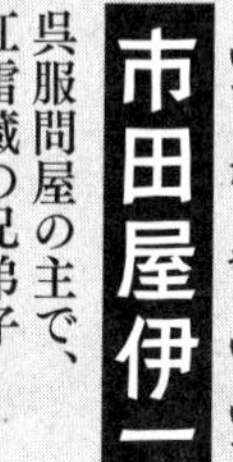

市田屋伊一（いちだやいいち）

呉服問屋の主で、江雷蔵の兄弟子だった男。

おみつ

幸助が暮らす
長屋の大家の娘で、
料理が得意。

イラスト：山本重也

デザイン：ムシカゴグラフィックス　鈴木俊文

第七話

なぞなぞが謎を呼ぶ

夜になっても日中の暑さは居座り続けており、狭い部屋には汗の匂いがこもっていた。布団のうえで寝苦しそうにしている男の浴衣ははだけ、ほとんど裸に近かった。枕もとの行灯の明かりは細く、あと少しで消えそうだった。

「暑うて眠れん……」

男は上体を起こすと湯呑みに半分だけ残っていた酒を飲み干し、一升徳利からそこに注ぎ足そうとしたが、徳利は空だった。男は徳利を壁に投げつけ、

「しけとるなあ。明日にでも親方に金せびりに行こか。あんまりしょっちゅうやと嫌がりはるけど、まさか『あかん』とは言わんやろ。わしらは一蓮托生やさかいな」

そうつぶやくと、ふたたび布団に倒れ込んだ。酒の勢いで眠ろうというのだ。首筋に止まった蚊をぴしゃりと叩いたあと、やがて男はいびきを立てはじめた。

「なぞなあに、なぞなあに」

そんな声が聞こえた。男は目を覚まさない。

「なぞなあに、なぞなあに」

「ん……？　だれかおるのか？」

「力丸、なぞなぞなあに、なぞなあに」

力丸と呼ばれた男はガバと起き上がった。目のまえに白刃が突き付けられていた。

「お、おまえは……」

「力丸、観念せえ」

妙に甲高い、男か女かわからない声が響いた。

「くそっ……おまえが生きてたとは……」

力丸は枕もとにあるはずの小刀を探した。

「無駄や。おまえはここで死ぬのや」

「わしが悪かった。頼む、命ばかりは助けてくれ」

「ほほほほ……大悪党が命乞いとは情けないいやないか」

「あのこと……わしはとめたのや。けど、ほかの連中が……」

「無理矢理やらせた、というのか。ほほほほ……私の聞いてた話とちがうなあ」

「わしが言うのがほんまや。頼む……頼むさかい殺さんといてくれ」

「なぞなぞなあに、なぞなあに」

「おい、おまえ、まさかここでなぞなぞ……」

「『飴のなかに上野介』や。解いてみい」

「なにを言うとるのや。そのなぞ、解けたら助けてくれるのか」

「さあな……とりあえず考えてみい」

力丸は真っ赤な顔でしばらく黙っていたが、

「わ、わからん……」

「『あめ』のあいだに『きら』で、あ・きら・めえ……ゆうこっちゃ」

つぎの瞬間、力丸は「む……ん」と呻いて仰向けに倒れた。その左胸には匕首が深々と刺さっていた。刺した人物は匕首を引き抜き、刃から血をぬぐってふところにしまうと、一枚の紙を力丸の死体のうえに置き、部屋を出た。紙には、閻魔大王が舌を突き出し、そこに大きな石が載っている、という絵が描かれていた。

◇

暑い。とにかく暑い。太陽が照りつけているあいだはなにもする気になれぬ。浪人葛幸助は長屋の一室でごろ寝をしていた。西日がひどく、立ち上がろうとするとめまいがする。

(まだ四月末だというのにこの暑さとは……今年はどうかしておるぞ)

動くと汗が出る。といって面倒くさがりの幸助は行水をする気にもなれなかった。酒を飲むと身体が火照るので、さすがの酒好きの幸助も水ばかり飲んでいた。しかし、陽に照らされてぬるくなった水瓶の水では暑気払いにはならぬ。キチボウシも壁の絵から出てこようとはせぬ。絵のなかは少しは涼しいのかもしれない。

(俺も絵に入りたいものだ……)

そんなことを思っていると、そのむんむんする暑さを突き破らんばかりの声が長屋に響きわたった。

「びんぼー神のおっさーん！　おっさーん！　びんぼー神のおっさーん！　おっさん、いてはりまっかー！　いてはりまっかいてはりまっか、いーてーはりまっかー！」

大声で叫びながらこちらに近づいてくるどたばたという足音は、筆問屋「弘法堂」の丁稚亀吉に間違いない。いるぞ、と応えるのもしんどいので、そのままだんまりを決め込んでいると、戸が乱暴に開けられ、頬の赤い、くりくりした目の丁稚が飛び込んできた。

「なんや、いてますがな。いてたら、いてる、て返事しとくなはれ」

「おまえがあんまりうるさいので黙っていたのだ。蟬の季節にはまだ早いぞ」

「こんなかわいらしい蟬がいてますかいな。蟬やったら、ジーリジリジリ、ミーンミンミン、シャーシャーシャーシャー、ツクツクボーシツクツクボーシ……」

「あー、うるさい。とっとと用事を済ませて帰れ」

幸助は起き上がって伸びをすると、薄い胸を爪でばりばり搔いた。

「うひゃひゃひゃひゃ、かっこん先生は暑いの苦手みたいだすな」

葛幸助は売れない貧乏絵描きだ。といっても注文はほとんどなく、瓦版の挿し絵を描くぐらいである。絵だけではとても食っていけないので、弘法堂から筆づくりの内職を回してもらっていた。というより、ほとんどそれが本職のようなものだ。今では職人としてすっかり熟練し、手際もよくなり、弘法堂の方でも信頼して仕事を任せてくれる。筆づくりは分業で、すでにゴミなどが除かれ、寸法も揃っている動物の毛に糊を混ぜ、糸で縛って穂先を作り、竹軸に取り付けるまでが幸助の担当だ。「弘法筆を選ばず」というが、絵師として幸助は筆を大事なものと考えていた。たとえ手習いの子どもが使う安い筆であっても、気持ちよく使ってほしい、というのが幸助の願いであった。

「先生、ここに筆の材料置いときまっせ」

そう言うと亀吉は水瓶の水を勝手にひしゃくで汲み、飲み始めた。立て続けに三杯ほど飲んで、

「ぬるう。――けど、やっとひと心地ついた」

「なんだ、おまえも暑かったのか」

「そらそうだっせ。先生はこないして、西日は入るし狭い部屋やけど家のなかにいてはりまっしゃろ。わてら丁稚はこのクソ暑いのに外廻りで走り回っとりますのや。川にでも飛び込みとうなりまっせ。――というても、わては泳げんさかいなあ……。それに、行く先々のお得意さんで水飲むさかい、おしっこに行きとうなってかないまへんのや。どうしたらよろしい？」

「知るか！」

ここは福島羅漢まえの裏通りにある通称「日暮らし長屋」の一軒である。「その日暮らし」の連中が集まっていることでそう呼ばれている。いわゆる大坂名物の貧乏長屋のひとつで、ぼろぼろを通り越してずたぼろである。天井に穴が開いている、壁に穴が開いている、床に穴が開いている、障子にも襖にも紙が張られていない「壁に穴あり、障子に紙なし」など当たり前である。焚き付けにしてしまったために戸がない

家もある。戸がないとさすがに不用心ではないかと思うかもしれないが、なにしろ住んでいるのが、いんちき占い師、女相撲の力士、博打打ち、窩主買い（故買屋）、チボ（掏摸）、ボリ屋（ぼったくり）、ゆすり屋、偽医者、詐欺師……などろくでもない連中が多いので、よそから盗人が入る心配がない。

　こういう長屋は「日家賃」つまり家賃は毎日支払わねばならない。だから、出商売のものが雨や病気などで仕事にあぶれると、家賃が滞ってしまう。だが、「日暮らし長屋」の家主である藤兵衛は、住人が家賃を溜めても、文句たらたら言いながらも「出ていけ」とは言わない。ここを出ていったら、行く場所がないと知っているからだ。ここの住人たちは藤兵衛の恩恵を受けつつ、日々、自分の仕事にいそしんでいた。幸助もそのひとりで、ときどき藤兵衛の家で夕食をごちそうになる。そのおかげでやっと生きているようなものだ。

「その戸をぴしゃっと閉めてくれ」

「なんでだす？　こないに暑いのやさかい風通しに開けといた方が……」

「うちは長屋のいちばん奥だ。風といっても、あっちにぶつかり、こっちにぶつかりしながらドブのうえを通ってきた風など入ってきてもうだるばかりだ」

「そらそやなあ。ほな閉めときますわ。なかなか……その……ぴしゃっとは閉まらん。

がたぴしがたぴしいうてるわ。——あれ？　これなんだす？」

亀吉が、床に落ちていた一枚の紙を見つけた。縦長の短冊のようなもので、絵と文字が刷ってある。まんなかあたりに横線が引かれ、その下部には「気をつけよとの心」とある。これが「手がかり」である。上部には簡単な絵が描かれている。荷物を積んだベカ車が丁稚ごとひっくり返っており、十匹ほどのアリが丁稚の耳から這い出ている。その横で机のまえに座って手習いをしている子どもが「目」という字を紙に書いているが、その半紙のうえにもアリが這っている。

「ああ、これは今朝がた、なぞなぞ屋が放り込んでいった判じものだ」

「わて、判じものは大好きやけど、なぞなぞ屋ゆう商売がおますのか」

「おまえのところのような大きい商家には縁がないかもしれぬが、長屋などには願人坊主が朝にこういった紙を放り込み、夕刻になるとやってきて、『今朝ほどあげおきました判じものの答、ご所望でございましょうか』と言う。所望と応えていくばくかの金を出すと、答を教えてくれるのだ」

「へえー、願人坊主ゆうたらあのすたすた坊主のことだすか」

願人坊主というのは、もともとは忙しい商家の主などの代わりに祇園社、金毘羅社などに代参し、手間賃をもらうのを生業としていた半僧半俗の坊主のことだったが、次第に芸人化し、ほぼ全裸に近い恰好で、縄の鉢巻きをして、扇を持って歌ったり、踊ったり、芸を見せたりして米の喜捨を乞うようになった。すたすた坊主、なまいだ坊主、道楽坊主などともいう。

そんな願人坊主のなかに、判じもの、考えものなどというなぞなぞを刷った紙を朝方長屋や髪結い床、風呂屋といったひと寄り場所に放り込み、それを見たものがどうしても解けずにいらいらして「答を知りたい！」と思うころにふたたび訪れて、答を教えるかわりに金をもらうという、なかなか優雅かつ知的な商いをするものがいた。それが「なぞなぞ屋」である。

たいがいはちょっと考えるとすぐに解けるものだ。たとえばタカが縄をくわえていて「タカ縄（高輪）」とか、鈴に目がついていて「鈴目（スズメ）」とか、サルの頭に濁点がついていて「ざる」とか、ガマガエルが茶を点てていて「茶ガマ（茶釜）」とかいったくだらないものが多く、絵も稚拙だった。

やや難問の例としては、「蛇の皮二十三」という出題に「国の名二つ」と手がかりがあって、答は「蛇（巳）皮・十・十三」で「三河・遠江」が正解というひねったものもあったが、まあその程度である。今日のこの判じものはいささか勝手が違う。かなり難解なのだ。

「かっこん先生、解けましたんか？」

幸助は苦笑(にがわら)いして、

「馬鹿を言え。この暑さで、なにかを考えるような気力は残っておらぬ」

「よっしゃ、わてが解いたげますわ。解けたらなんぞおくなはれ」

「わかった。飴でも買うてやろう」

「飴はいりまへん。ところてんをお願いします」

そう言いながら亀吉は判じものの紙を見つめた。

「うーん……ベカ車がひっくり返ってるところにアリが来て……アリベカ……ちがうなあ。手習いの子どもが『目』、そこにアリ……テナライアリメ……うーん……」

「なんだ、わからぬのか。口ほどにもないではないか」

「ちょっと黙ってとくなはれ。今、考えてますのや。ベカ車にアリ……ベカニアリ……うーん……手ごわいなあ……」

亀吉は真剣な顔つきで考え込んでいたが、やがて紙を放り出し、

「降参。わかりまへん」

そう言って手ぬぐいで顔の汗をぬぐった。

「たしかに暑いときにこんなもん考えてたら頭が変になる。けど……気になるなあ」

「なにがだ」

「このなぞの答だすがな。もし、なぞなぞ屋が来たら、答買うて、つぎにわてが来たら教えとくなはれ」

「そんなムダ金は持ち合わせぬ。答を知りたかったら自分で考え出せ」

「そんな殺生な。今晩寝られまへんがな」

「ここをよく見よ」

　幸助は、紙のいちばん下を指差した。そこには、

「このなぞ解いてほしくば五十文ちょうだいつかまつる」

　とあった。

「ひえーっ、高い！」

「普通のなぞなぞの対価はせいぜい七、八文だ。これは飛びぬけて高い。とても払えぬ」

　幸助の言うのももっともだった。屋台のうどんでも十六文なのだ。五十文あればうどんが三杯食べられる。

「高いだけあって、難しいなぞだすなあ」

「俺もそう思う。絵も色刷りで、なかなか上手い」

「かっこん先生がそう言わはるのやったらそうだすやろな」

葛幸助は、狩野派の名人と言われた父の跡を継ぎ、さる大名家の絵師を務めていたが、肖像画にしても風景画にしても注文されたとおりにではなく、好き放題に描くので、とうとうクビになってしまった。浪人となり、大坂に出てきて、葛鯤堂と号したまではよかったが、沈む夕日に帆掛け船という図案の絵を描いたとき、それを買ったもののなかに不運に見舞われるものが相次いだ。大店がつぶれ、大工は屋根から落ち、落語家は高座で絶句し、八百屋は犬に噛まれ、勝ちっぱなしだった相撲取りが連敗した。

「葛鯤堂の絵を買うと身代が沈む、運が沈む、陽が沈む」

「あいつはとんだ貧乏神や」

「葛鯤堂どころか、風邪にも効かぬ葛根湯や」

皆がそう言い出した。とんだ濡れ衣……とそのころは思ったものだ。ついには年端のいかぬ子どもまでも「かっこん先生」などと馬鹿にしだしたが、幸助はまるで気に留めることなく、自由な暮らしを楽しんでいた。大名にも家老にも上役にも日々気を使って頭を下げ続けていた城勤めのころに比べれば、今の生活は極楽である。好きな絵を描き、たまに酒を飲み、仕事がないときはいくら朝寝をしてもだれにも文句は言われない。ただし、金はないが、それ以外にまったく不満はないのである。

「せやけどなぞなぞひとつで五十文とはぼろい商売だすな。わてもやりたいわ」

「頓智頓妙ができねば無理だろうな」

「そういえば、寄席でも『なぞ解き坊主』ゆうのが人気があって、お客さんが謎かけのお題を出したら、三味線を弾きながら『なにがなにしてなんじゃいな』て三べん言うたあとすぐに答を言うらしゅうおます」

「ほう……おまえが寄席に行ったのか」

「わてやおまへん。今度来た飯炊きの一兵衛どんが見てきましたんや。一兵衛どんは、あんなしょうもないのは謎かけのうちに入らん、ゆうて怒ってましたけどな」

「うーむ、よほどなぞなぞが流行っているとみえるな」

「『なぞなぞ講』ゆうて、なんにんかで集まって、なぞなぞを作って出し合いする会もある、てうちの番頭さんも言うてはりました。なぞなぞのひとつも知らんと、商いの集まりに行ったときに恥かく、ゆうて必死でなぞなぞの本を読んでましたわ」

「なぞなぞは商人のたしなみか。茶道や俳諧並だな」

　幸助が呆れたように言ったとき、

「貧乏神、いてるか？」

外から声がした。

「うむ。入ってこい」

声の主はすぐにわかった。船場の大きな米問屋の主らしいが、毎晩のように北の新地で「隠れ遊び」と称して豪遊し、金を使いまくるので、登楼された店では「福の神のご入来や」と喜ぶところから、「福の神の旦那さん」略して「お福旦那」と呼ばれている若者だ。そんなお福がなぜか貧乏神の幸助と馬が合い、大の親友なのだから不思議なものである。しかし、幸助もお福の本名や店の名はあえて知ろうとしないし、いくら金に困ってもお福から借りようとはしない。あくまで対等に付き合いたいとふたりとも思っているのだ。お福は戸を開けてずかずか入ってくると、

「久しぶりに一杯飲ろか、と思て来たのや」

そう言って土間に一升徳利を二本置くと、上がり框に腰かけて滴る汗を絹の手ぬぐいでぬぐった。衣替えはまだ数日先だが、淡い鶯色に染めた袷に紺の博多角帯という、いかにも涼し気な着物を風流に着こなしている。地味だが、よく見ると印籠や煙草入れ、雪駄なども相当に金のかかったしろものばかりである。顔には真っ白におしろいを塗り、目は細く、耳たぶが長く垂れており、鼻の下に髭を生やしている。いかにも金持ちの若旦那という面相である。

「この暑さでは飲みたくもならぬ。日がかげってからにしてはどうだ」

「そう思てな、今日は柳蔭にした。これならさっぱりするやろ。ちめとう冷やしてきたで。あー、重かったわ」

柳蔭というのは江戸では「直し」といって、焼酎にみりんを混ぜたものだ。井戸で冷やしてから飲むと暑気払いになる。

「おお、それはよい。さっそくいただこう」

亀吉が、

「その柳蔭ゆうのは冷たいんだすか。わてもちびっとだけお相伴……」

お福は、

「のほほほほ……あんさん飲むつもりかいな。お酒やで」

「なんや、お酒だすかいな。そんなん飲んで帰ったら番頭さんにどやされるわ。けど……ほんのひと口だけやったら……」

幸助が小さな猪口にほんの少しだけ柳蔭を入れ、

「まあ、なめてみろ」

亀吉は大事そうに両手で猪口を捧げてつるりと飲んだ。

「ちめたあっ！　それに……甘あ！　美味しいなあ、柳蔭て、こんな美味しいもんやったんか。――もう一杯おくなはれ」

「もうダメだ。酔っぱらって仕事に差しさわりが出たら困る」

「おとなばっかりずるい。今度、子ども用の柳蔭をお願いします」

お福が、

「のほほほ……つぎはところてんおごったるさかい堪忍してや」

「約束だっせ」

しかし、幸助とお福が煎り豆をアテに柳蔭を飲み始めても亀吉は帰ろうとしない。

「なんだ、亀吉。まだ用があるのか」

幸助がきくと、

「そやおまへんけど……さっきのなぞなぞの答が気になって……」

お福が、

「なんや、そのなぞなぞいうのは」

「これだす」

亀吉はなぞなぞが刷られた紙をお福に見せた。幸助が笑いながら、

「朝方、置いていったらしい。この長屋になぞなぞ屋が来るなど珍しいな。金のない連中がそろっているから、商売にはならぬことぐらいわかりそうなものだが……」

「けど、この判じものは、色も何色も使うとるし、紙も上等やし、絵もちゃんとしとる。よう見る願人坊主がばらまいてるやつとは違うように思うなあ。それに、なぞ自体もなかなかようできとるやないか」

幸助が、

「亀吉、いくら待っていても俺は答に金は払わんぞ。さあ、帰った帰った」

「えーっ、気になるなあ。ベカ車がひっくり返って、丁稚が……うーん……」

「わたいはわかったで」

お福がそう言ったのでふたりは驚いてお福の顔を見た。

「のほほほほほ……小さい時分からこういうのは得意なんや。ええか、ベカ車に荷物がやなあ……」

そう言いかけたとき、長屋中に響き渡るような声が聞こえてきた。

なーんぞなんぞ

ななななんぞ

菜っ切り包丁、長刀

なーんぞなんぞ

ななななんぞ
納戸(なんど)の掛け金、外(はず)すが大事
その先なんぞ
あれこれなんぞ
解ければ消ゆる春の淡雪(あわゆき)
なーんぞなんぞ
なななんぞ
解いたらえらいぞ、ほめたげよ

亀吉が戸を細く開けて外をのぞき見ると、そこにいたのはけったいな恰好をした男だった。総髪(そうはつ)にした長い髪の毛を数十本ごとに束(たば)ね、その先を赤い紐(ひも)でところどころくくっている。顔を猿の面のように赤い顔料で塗り、口のまわりを青い色で縁取(ふちど)りのようにしている。まさに異形(いぎょう)というほかない。着物も、この暑いのに真っ黒な布の真ん中に穴を開け、そこから首を出して、縄を帯代わりに結んでいる。背中には大きく「?・」という意味不明の印が書かれている。顔を塗っているので年齢はよくわからないが、おそらく三十歳前後だろうと思われた。

亀吉は幸助に、

「かっこん先生、このひとがなぞなぞ屋とちがいますやろか」

男は亀吉の言葉を耳ざとく聞きつけ、

「いかにも天下一のなぞなぞ屋問多羅江雷蔵や。今朝方のなぞなぞの答を所望かいな？」

幸助が後ろから、

「いらぬ。断れ」

亀吉は、

「えーっ……」

問多羅江雷蔵と名乗った男はにやりと笑い、

「丁稚さん、答知りたいやろ。五十文、出してもらい」

幸助が、

「いらぬと言ったらいらぬ」

「ケチな長屋やなあ。まあ、入ってきたときからわかってたけどひょっとして、と思たわてがアホやった。無駄足踏んだな。――しゃあない、よそに回ろか」

そのときお福が、

「なぞなぞ屋さん、ちょっと待ってんか」

江雷蔵は戸を開けて、お福の白く塗った顔を見た。

「なんや、あんたもわてと同類か」

「そういうわけやないが……わたいはこのなぞなぞの答、わかったで。せやから銭(ぜに)は払わんでもええのや」

江雷蔵の顔が引き締まった。

「なんやと？ ほんまかいな」

「ほんまにほんまや」

「はったりかましてもあかんで。うちのなぞなぞはそこらの願人坊主のなぞなぞとは違う。めちゃめちゃむずかしい。なんちゅうたかて、天下一のなぞなぞ屋、この問多羅江雷蔵がこしらえとるのやさかいな。強がり言わんと五十文払え」

「天下一かなんか知らんけど、答を言うたろ。ベカ車がひっくり返って『カベ』や。荷があって、耳からアリが出てるから、『カベ荷耳アリ』。その下の絵は、子どもが『目』ゆう漢字を書いてるところにまたアリがおるさかい、『習字に目アリ』……つまり『壁に耳あり障子に目あり』ゆうところやな」

江雷蔵は顔をしかめ、

「くそっ、ほんまに解きよったか……」

「のほほほほ……けど、壁に耳ありの『に』は荷物があるけど、障子に目ありの『に』はどこにある？　それと、障子と習字……これは苦しいなあ」

「やかましい。わて以上のなぞなぞ屋はこの世におらん。あんた、えらそうに言うてるけど、ほんならこれはどや！」

江雷蔵はふところから別の紙を出した。そこには、「伊豆（いず）」という地名が「伊」と「豆」にわけられ、そのあいだに野原に川が流れている絵が描かれている。その下に、赤い魚と貝とたくさんの小さな魚が描（えが）かれ、小魚の横に「゛」がついている。横線の下側には手がかりとして「見聞（けんぶん）を広めよ」とある。

お福旦那は一瞥（いちべつ）するや、

「野原に川が流れてて『野中の川』、それが『伊』と『豆』に挟（はさ）まれてるから『伊・野中の川・豆』や。下のやつは鯛（たい）と貝とシラスやろ。シラスの尾に『゛』が打ってあるさかい『シラズ』……『鯛貝尾シラズ』で、『井の中の蛙大海（かわずたいかい）を知らず』やなあ」

江雷蔵はべつの一枚を出して、

「これはどうじゃ！」

寺子屋のようなところで大勢の手習い子たちをまえに真っ赤な顔をした大きなタコ

が『論語』の素読をしている。手がかりは「年下からも学ぶべし」。

「簡単や。『大蛸に教えられ』……『負うた子に教えられ』やな」

「つぎはこいつじゃ！」

大きな魚を、味噌に野菜を漬けた桶のなかに入れているが、桶の底の部分が消えている。その横に焼酎の樽があり、そこに皮を剝いた梨を入れ、カンテキ（七輪）で煮ている。手がかりは「剣呑剣呑」。

「なるほどなあ、これはなかなかおもろいなぞなぞや」

「能書き言うとらんと解いてみい」

「もう解けてるで。この魚はサワラやろ。ぬかみその底がないさかい『ぬかみ』。渋柿の渋みを取るために焼酎につけた樽柿はあるけど、樽梨ゆうのは聞いたことないなあ。それを煮とるのや。『サワラ・ぬかみ・煮た・樽梨』……さわらぬ神に祟りなし、やな」

「ううううう……ほな、これは」

続いての紙には、庭に男が立ち、紙袋から種を蒔いている。紙袋には「長芋」と書かれている。手がかりは「逆らわぬが吉」。

「おかしいなあ。長芋は種から育つか？」

「わかったんかい」

「もちろんや。長芋の庭、蒔かれよ……長いものには巻かれよ、やな」

「くーっ、腹立つ！　つぎはこいつや！」

今度は、えらそうな髭を生やした男が扇子を使いながらそっくりかえっているが、そっくりかえりすぎて転倒している絵が描かれている。その下には桶に入ったフグらしき魚とナスビがある。手がかりは「転んでもただは起きぬ」となっている。

「これはちとむずかしいな」

「そやろ！　降参せえ！」

「まあ待て。うーむ……なるほど、このいばりくさった男は『わがはい』やな」

江雷蔵はぎくりとしたように見えた。

「わがはいが転倒してフグとナス……わざわい転じて福となす、や。わがはいがわざわいとは、苦しいなあ」

「やかましい！」

その後も江雷蔵はつぎつぎとなぞなぞを出題し、お福旦那はつぎつぎとそれを解いていった。亀吉が震えながら、

「すごいなあ……宮本武蔵と佐々木小次郎、達人同士の戦いや」

幸助も、

「うーむ……手に汗握るとはこのことだな」

そう言って柳蔭をがぶりと飲んだ。問多羅江雷蔵はそれまでに出題したなぞなぞの紙を引きちぎると、

「こうなったら最後の手段や。これまで出したことはなかったが、今こそその封印を破るときが来た。このなぞなぞを受けてみい！」

そう言って取り出したのは巻物仕立ての一巻だった。広げると、そこにはたくさんの材木が崩れてその下敷きになった男が描かれていた。そして、材木のなかに一本、注連縄が張られているものがある。手がかりは「忘れることなかれ」となっていた。

「ほほう……」

お福旦那は座り直し、腕を組んだ。

「どや、わからんやろ」

「そう急かすな。考えとるのや」

「この最後のなぞなぞ、解けるもんなら解いてみい！」

「解けた」

「え……」

「解けた、て言うとんねん」

「そ、そんなはずは……」

「ええか、男が下敷きになって、材木のなかに一本、霊木が混じっとる。下敷き、なかにも霊木あり……親しき仲にも礼儀あり、や」

江雷蔵は呆然としていたが、

「よ、よし……ほな最後の最後のなぞなぞや！」

「今のが最後やなかったんかい」

「今のは最後、今度のは最後の最後や。今度こそほんまの最後。これで負けたら銀六十匁出そやないか」

「銀六十匁といえば一両や。大きく出たな。自信があるのか」

「ある」

江雷蔵はふところから紙に包んだ丁銀を出して、お福のまえに置いた。そして、

「すまんけど、わてにも酒くれへんか」

幸助は黙って欠け茶碗に酒を注いだ。江雷蔵はそれをひと息に飲み干し、

「これ、柳蔭やないか。昔は大名酒ゆうてお大名しか飲まなんだそうや。ぜいたくなもんやってるなあ」

お福が、

「酒のうんちくはええさかい、はよなぞなぞを出さんかいな」

江雷蔵はまたしても小さな巻物を取り出すと、それを押しいただくようにしてお福のまえに置き、広げてみせた。いちばんうえに大きく「あ」というひらがなが記されている。その下には忍びのものらしき男が両手を組み合わせる姿が描かれ、その横に「臨兵闘者皆陣列在前」という九文字が縦に書かれている。その下には、焼き芋らしいものが七個と焼き栗らしいものがひとつ、皿に載せてある。同様の芋七つと栗ひとつが載った皿が全部で十枚ある。いちばん下には汁の入ったお椀が描かれているが、お椀の底の部分は消えている。手がかりは「隠してもあらわれる」となっていた。

「ふーむ……」

お福は考え込んだ。これまでとちがって表情が真剣である。

「これはたしかに難題やなあ……」

亀吉が、

「お福の旦さん、がんばれ！」

しかし、お福は黙ったままじっとその絵を見つめている。

「『臨兵闘者皆陣列在前』ゆうのは、いわゆる『九字』やな。けど、この芋と栗がわからん……」

江雷蔵がにやりとして、

「へっへっへっ……わからんやろ。これはわての渾身の作や。もつれた糸と掛けて、このなぞなぞと解く。心は『解くに解けん』……ゆうやっちゃ」

「もうちょっと考えさせてくれ。うーん……」

幸助が、

「そういうときは酒を飲めばよい知恵が出るのではないか？」

「そやなあ」

お福は柳蔭を自分で注いで、二杯飲み干し、三杯目を注ごうとしたところで手が止まった。

「のほほほほほ……この金はいただきや」

「なんやと？　解けたちゅうんか」

「ああ、解けた解けた」

お福は紙に包んだ銀に手を伸ばした。その手を江雷蔵はつかみ、

「ま、待て。ほんまに解けたかどうか検分せなわからんやないか。答を言うてみい」

「焼き芋のことを『栗より美味い十三里』ていうやろ」

「九里四里美味い」と読んで、九里と四里を足して十三里という洒落なのである。

「十三里が七つで九十一里、そこに九里（栗）を足して、しめて百里や。その皿が十枚あるということは全部で千里」

幸助が江雷蔵を見ると、すでに負けを覚悟したらしく歯を食いしばっている。

「お椀の底がないから『おわ』、それに汁が入ってる。並べてみると『あ・九字・千里・おわ・汁』……悪事千里を走るや」

「負けたっ！」

江雷蔵はその場に両手を突いた。

「負けた負けた。あー、完敗や！　この問多羅江雷蔵、天下一のなぞなぞ名人と自称しとったが、今日ただいまよりその名前はあんたにあげるさかい、使うてくれ」

「そんなもんいらんわ。あのなあ、わたいはこうしてなぞなぞを解いてるだけやけど、あんたはそれをこしらえとるのやろ？　その方がたいへんやないか」

「え……？」

「なぞなぞゆうのはむりやりこじつけたものが多いさかい、解けてもなんとなく釈然とせんやつもあるけど、今のやつみたいに解けるとスカッと気持ちええのがほんまの上出来のなぞなぞや。なかなか楽しませてもろたで」

男は頭を掻いて、

「そういうてもろたら、なぞなぞをこしらえた苦労が報われるわ。おおきに！」

「それに、わたいはこう見えても大金持ちでな、こんな金もろたかてしゃあないのや。楽しませ賃としてこっちから一両あげまひょ」

お福は財布から金を出し、江雷蔵のまえに置いた。江雷蔵は目を丸くして、

「い、いや……いやいやいや、これは受け取れん」

「なんでや、取っとき」

「わてのなぞなぞはひとつ五十文や。あんたは十五題解いたさかい、七百五十文やったらいただくわ」

「のほほほほ……欲のないひとやな。けど、そんな細かい銭の持ち合わせがないのや。申し訳ないけど、そこを曲げて今日は一両で堪忍してんか」

「うーん……あんたはいったいどこのどなただす」

幸助が横合いから、

「こいつは福の神と名乗っている変わり者だ」

「えーっ！　ほな、あちこちの色町でぶいぶい言わせてる、あのお福旦那……うへー、おみそれしました。わてもお噂はかねがね聞いとります。こんなところでお会いでき

ると は……。お福旦那ならたしかに一両ぐらいははした金かもわからん。ありがたくちょうだいしときます」

「ほほほほ……それでよろし。これからもええなぞなぞ作ってや。——それはそうと、あんたの背中の『?』という印はなんのこっちゃ?」

「これだすか。これは、エゲレスやメリケンといった異国で使われてるなぞなぞの記号やそうで……かっこよろしいやろ。——それにしてもお福の旦さんの解きようは見事や。どちらかの宗匠について修業なさりましたんか?」

「なぞなぞの修業? そんなことするかいな。なぞなぞが小さい時分から好きや、ていうだけや。だいたいなぞなぞの宗匠なんかいてるんか?」

「もちろんだす。なぞなぞ道というものは古く平安のころからありますのや。もっとさかのぼれば唐の国の『列子』にまで至る、というもんだっせ。近年では竹遊子先生、内芸舎女好先生、八十一園古禰子先生、恵方庵明人先生、朝一坊古手類先生なんぞが名高い宗匠だすけど、なんというてもわが師匠解蹴訳内先生に勝るお方はいてまへん」

「ほー、あんたはその解蹴訳内ゆうひとのお弟子さんかいな」

「へえ、もう亡くなりましたけどな、わては先生のご遺志を継いで、しょうもない願人坊主の銭儲けやとか子どもの遊びやと思われとるなぞなぞの地位を高めるためにこういうことをしてますのや」

幸助が半ば呆れ、半ば感心したように、

「たいしたものだ。おまえぐらい真剣になぞなぞに打ち込んでる人間は世間広しといえどほかにおるまい」

「ところがそうでもおまへんのや。解蹴門下のわての兄弟子でな、市田屋という呉服問屋の主やった御仁がいてましたが、このひとはわてを上回るぐらいの情熱の持ち主やった。あることがきっかけで店をつぶしてしもて、そのあと亡くなりましたのやが、もし生きてたら、さぞかしすごいなぞなぞものになってたやろなあ、と思いますわ」

「なぞなぞというものがそれほど深いものだとは知らなかった。俺は絵師の葛幸助というものだ。こうして近づきになったのもなにかの縁。今日は飲んでくれ」

「へへ……そうもいきまへんのや。朝方配ったなぞなぞの答をいらいらしながら待ってるお客さんがぎょうさんおるさかい、顔を見せにいかなあかん。今日のところはこれで失礼します。お酒の方はまた今度ゆっくりと……」

そう言うと江雷蔵は帰っていった。幸助は湯呑みに柳蔭を注いだあと、ちらと亀吉を見て、

「いつまでここにいるつもりだ。仕事はよいのか」

「あっ……忘れてた！　また番頭さんにどやされるわ。——ええなあ、おとなは暇(ひま)で」

亀吉は舌打ちすると、あたふたと幸助の家をあとにした。

「なんともけったいなやつやったなあ」

お福旦那が言うと幸助は苦笑いして、

「あいつにとってなぞなぞは生業だが、それを片端(かたはし)から解いてしまうおまえの方がずっとけったいだ」

やがて、お福が持ってきた二升の柳蔭が空(から)になったので幸助が、

「酒を買ってくる」

「ええわ、わたいが行くわ」

「柳蔭をおごってもらったのだ。おまえにばかり出させては悪い」

「あんさん、金あるのか？」

「いや……ない」

「酒屋はツケがきくのか？」

「近頃は金と引き換えでないと売ってくれぬ」

「ほなやっぱりわたいが行かなあかんやないか」

「すまん」

というわけでお福が出ていったあと、壁に掛かっている絵からひとりの老人がするりと抜け出した。老人といっても大きさはねずみ程度で、白いゆったりした着物を着て、ねじれた杖を持っている。鼻は天狗のように長く、先端が尖っている。目はフクロウのごとく真ん丸で、二本の前歯が突き出ている。

「なんだ、キチボウシ。元気がないではないか」

キチボウシと呼ばれた老人の長い口ひげはだらりと垂れている。

「この暑さではどうにもならぬぞよ。我輩にも柳蔭を飲ませろ」

「もうない。今、お福が買いにいった」

「おのしは年寄りをいたわる気持ちが欠けておる。我輩のために少し取っておいてくれてもよいではないか。ああ、暑い暑い。地獄の釜の蓋が開いたようじゃ」

「絵のなかとここどちらが暑い？」

「似たようなものだが、絵のなかの方が静かな分、なんぼうか涼しい。セミの真似をする丁稚やらくだらぬなぞなぞを声高に言い立てる馬鹿どももおらぬからな」

この老人は瘟鬼である。瘟鬼とは厄病神のことだ。厄病神は災厄を引き起こしている、と思われているが、じつは厄病神には「引き起こす」ような力はない。この神がいると、災いが勝手にそこに集まってくるのだ。この厄病神は、平安の昔、安倍晴明によって絵のなかに封じ込められた悪鬼のひとりで、正式な名を「業輪叶井下桑律斎」というらしいが、長すぎて覚えられないので、幸助が「キチボウシ」と命名した。

「おまえはくだらぬというが、なぞなぞはなかなか深いものだ。俺もさっきまで知らなかったが、作る方も解く方も生半可な頭ではむずかしい」

「ふん！　人間がこしらえる下級のなぞなぞなどたちどころに解き明かしてやるわい」

「平安の昔にもなぞなぞがあったのか？」

「あったとも！　宮中の公家どものあいだではなぞなぞが大いに流行っておった。嵯峨の帝が小野篁に出したなぞなぞにこういうものがある」

そう言うとキチボウシは筆を取り、そこにあった紙に、

子子子子子子子子子子子子

と書きつけた。

「さあ、これをなんと読む？」

「ここここここここここここ、か？」

「なんじゃそれは。意味をなさぬではないか」

「ならば、ねねねねねねねねね、か？」

「同じじゃ。言葉として通じなくてはならぬ」

「しししししししししししし、でもないとすると……わからぬ、降参だ」

「答は、『ねこのこねこ、ししのこのこじし』じゃ」

「ふーむ、なるほど」

「少し時代は下がるが、鎌倉期の『徒然草（つれづれぐさ）』にもなぞなぞがあるぞよ。『ふたつ文字　牛の角（つの）文字　直（す）ぐな文字　ゆがみ文字とぞ　君は覚ゆる』という和歌を知っておるか」

「いや……知らぬ」

「解いてみよ。見事に解けたらこれをやろう」

　そう言ってキチボウシはふところからなにかを取り出した。見ると、スルメの一片である。

「そんなものはいらぬ」

「なぜじゃ」

「おまえの歯型がついておるではないか」

「キシシシシ……この世にスルメほど酒に合う肴はないぞよ。これは先日おのしが買うてきたもののうち大事に取っておいた最後のひとかけらじゃ」

キチボウシは酒とスルメが大好物である。幸助がたまたま酒を絵のうえに垂らしてしまったので、八百年の眠りから覚め、絵から抜け出す力を得たのだ。厄病神がいるとこの家に災難が集まってくる。キチボウシが棲みついてから、雷は落ちるは、刃物を持ったごろつきが飛び込んでくるは、酔っぱらった相撲取りが壁に張り手をかますは、暴走した馬が突然走り込んでくるは、花火売りの花火にカンテキの火が燃え移って天井に大穴が開くは、みずからを豊臣秀吉だと思い込んだ男がやってくるは……さんざんな災厄続きなのだが、幸助はその絵を処分しようとはしない。厄病神を追い出すとよそのだれかが災厄に遭う。厄病神としてはたいした力はないようだし、多少の災厄は天涯孤独の身である自分が引き受けてやろう……幸助はそう考え、物好きにも厄病神とともに暮らしているのだ。

「うーむ……ふたつ文字というのがまずわからぬな」

「なんじゃ、最初からわからぬのではないか。では、手がかりをやろう。これは『こ』じゃ。『二』に似ておるであろう」

「ははあ、そういうことか。では、牛の角文字というのは、『い』だな」

「そうそう」

「まっ直ぐな文字は『し』のことだ」

「そのとおり」

「ここまで来ればだれでもわかる。『ゆがみ文字』というのはなんのことかわからぬが、『こいし……』に『覚ゆる』ときたら『恋しく覚ゆる』、つまり最後は『く』だな。ああ、言われてみれば『く』はちょっとゆがんでいるな」

「ううむ、当たった」

キチボウシはスルメの小片を惜しそうに見て、

「じゃが、今のは我輩が手がかりを教えてやったから解けたぞよ。それゆえスルメはやらぬ」

「いるか、そんなもの」

そのとき、

「買うてきたでえ！」

お福の声がした。キチボウシは老人からネズミのような小動物の姿に変じた。茶色い毛におおわれ、しっぽもふさふさしているが、前歯が二本出ているのは同じだ。

「またまた柳蔭や。よう冷えてるで」

そう言うとお福は一升徳利二本を上がり框に置いた。今の今まで井戸水で冷やされていたらしく、徳利は水で濡れ、輝いているように見えた。

「アテも買うてきた。豆腐や。冷ややっこにしよか」

「それはよい。俺が生姜をすろう」

幸助が立ち上がったとき、お福は板の間に置かれた紙を目ざとく見つけた。

「子子子子子子子子子子子子……なんやこれは？　なぞなぞか？」

「い、いや、なんでもない」

部屋の隅に縮こまったキチボウシがキチキチキチッと鳴いたのをにらみつけた幸助だが、そのときは「なぞなぞ」のからむ事件に巻き込まれることになろうとは思ってもいなかった。

◇

翌日は二日酔いだった。

（みりんを混ぜたような酒は口当たりはよいが度を過ごす。つぎからは控えた方がよいな……）

そんなことを考えながら幸助が筆の穂先を整えていると、

「先生、いてはりまっか？」

そう言いながら入ってきたのは、瓦版屋の生五郎だった。歳は三十過ぎ。小柄ではしっこく、瓦版のネタになると思えばどんな危ない橋も渡って取材を敢行する。本名は「政五郎」だが、「瓦版は生々しいネタが身上」という考えから「生五郎」と名乗っている。口が大きく、拳がふたつ同時に出し入れできる、というのが自慢である。顔から汗が噴出しており、見ているだけで暑苦しかった。着物にも汗が染みて塩になっていた。生五郎は絞った手ぬぐいで顔を拭い、

「今日もお暑うおますなあ」

「ネタ掘りか」

「なかなかええネタがおまして、お忙しいところすんまへんけど挿し絵を描いてもらえまへんやろか」

「急ぐのか」

「へえ、いつものことながらめちゃくちゃ急ぎまんねん」

瓦版というのはなにかが起きたときいち早くそれを伝えるのが値打ちである。ひと月後に詳しくお知らせ……ではだれも買わない。大衆はとにかくただちに知りたいのだ。だから生五郎は「これは！」と思ったネタに食らいつき、とにかく必死で調べ上げて、わかったことをそのまま文章にする。できれば事件があったあと半刻（約一時間）ぐらいで第一報を出し、もう少し詳しい第二報を一刻ぐらいのちに出すぐらいが理想である。きちんとした検証は町奉行所かどこかの学者がのんびりと行うだろう。瓦版はそんな呑気にしていては売れないし、また、早刷りの意味もない。まだネタが生々しいあいだに、わかっていることをぶち込んで、大勢に届けるのが意義だと生五郎は思っている。もちろん嘘はいけない。はっきり嘘だとわかり、読む者もそうとわかって楽しむネタ以外は、でたらめや憶測は禁物だ。そして、より大勢の読者を獲得しようと思ったら、挿し絵は必須であった。好都合なことに、幸助は筆が早かった。その一点で、生五郎は幸助を重宝がっていたのである。

「なにがあったのだ」

「昨日の晩、周防町の長屋で男が殺されましたんや。左胸を刃物でひと突きにされてたそうだす。西町奉行所のお調べによると、殺されたのは力丸という棒手振りの八百屋で、親なし、兄弟なし、嫁はんなし、子どもなし……。けど、八百屋とはいうもののほんまのところはごろんぼうみたいな野郎で、背中に大根の刺青を入れてたとか」

「大根の刺青では押しが利かぬな」

「大根を押したらタクアンになりまっせ。——ほとんど働きもせずに誰かれなく因縁つけてゆすりたかりで暮らしてたらしい。近所でも評判の鼻つまみものやったそうでおます」

「身持ちの悪いやつなら恨んでいる相手も多いだろうし、悪党同士のいざこざならさほど話題になるようなネタではあるまい」

「ところが、死体のうえにこういうものが載ってたらしいんだす」

そう言って生五郎は一枚の紙を取り出し、幸助に見せた。そこには、閻魔大王が舌を突き出し、そこに大きな石が載っている、という絵が描かれていた。

「検使のお役人の目を盗んでわてが手早く写したもんやさかい、細かいところは違うてるかもしれまへんけどな、だいたいこんな絵だしたわ。——これはたぶん判じものだっしゃろな」

「こっちもか……」

「こっちも、とは？」

　幸助はさっきまでここにいた問多羅江雷蔵について説明した。

「へええ、天下一のなぞなぞ屋とは大きく出ましたな」

「名乗るのは勝手だろう。もっとも、そいつのなぞなぞは全部お福のやつが解いてしまったがな」

「お福旦那にそんな特技がおましたとは……。先生、この判じもの、わかりますか？」

「うーむ……閻魔大王の舌に石か……大王の死体死……わからん」

「まあ、よろし。とにかくぱっぱっぱっぱっーと挿し絵描いとくなはれ。この判じものも入れて……」

　幸助は紙と絵筆を取り出すと、さらさらと描きはじめた。長屋の畳のうえで仰向けに倒れている男が胸から血を流している。その身体のうえに閻魔大王の判じものが載っている。苦悶（くもん）の表情を浮かべている男を、べつの男がにやにや笑いながら見下ろしている。その手には匕首が握られている。土間には杤（おうこ）と桶が転がっており、桶から大根と青菜がはみ出ている。

「できたぞ」

「うわあ、相変わらず仕事が早い。おおきに！　お礼はまた今度お持ちしまっさ。ほなこれにて失礼を……」

幸助が描いた絵をひったくるようにして生五郎は出ていった。すでに文章は生五郎が書き上げており、それと幸助の絵を木の板に貼り付けて版木を彫る。大急ぎで刷りまくり、まだ墨の乾かぬうちに橋のたもとなどのひと寄り場所で売るのである。売れるのはほんの一刻ほどのあいだで、それを過ぎると、もっと詳しい続報をだれかが売り出すから第一報の値打ちは下がる。また、たいがいの瓦版は「風紀を乱す」としてお上からお咎めの対象になる。心中事件や放火事件、お家騒動などは記事にすると厳しく罰せられるので、パッと売ってパッと撤収する、というのが瓦版売りの鉄則である。なかなか危ない橋を渡っているわけだが、危ない内容のものほどよく売れるのだ。今回のものも、ひと殺し事件を面白おかしく書き立てた、ということで咎められることは間違いなかった。

なお、木版なのになぜ「瓦版」というかというと、瓦粘土の板で刷ったようなひどい印刷だから、で普通は「読売」と呼ばれていた。

「閻魔の舌のうえに石、か……」

幸助は寝そべってしばらく考えていたが、なにも思いつかない。しかたなく筆作りの作業に戻る。

（昨日よりも暑いな……）

昼が近づくにしたがって、気温が上がっていく。霍乱（熱中症）になると困るので水を飲むが、これがまた生ぬるくて喉を通らない。茶の方が飲みやすいだろうとは思うのだが、カンテキで湯を沸かすのが嫌だ。キチボウシも絵に籠ったままである。汗が穂先に落ちると困るので、幸助は手ぬぐいをねじって鉢巻きをした。しばらく真面目に仕事をする。納期はまだ先だが、これほど暑いとなにが起きるかわからないから、なんでも早め早めにしておく必要がある。一刻ほど仕事に集中していると、

「先生、いてはりまっか」

入ってきたのは五十歳ぐらいの町人だった。髪も眉も白髪が多く、いかにも好々爺といった顔つきである。

「家主殿、すまん」

幸助は先手を打って謝った。

家主の藤兵衛はきょとんとした。

「なんのことだす？」

「家賃を十日分溜めておる。この仕事が終わればいくばくか金が入るゆえ、もう少し待ってくれ」

「ははは……今日は家賃の催促に来たのやおまへん」

「ああ、もうあきらめたか」

「アホなこと言いなはれ。家主が店子から家賃取るのあきらめるのは、戦国の武将が天下取りをあきらめるようなもんだす。わてはぜったいにあきらめまへんで」

　わけのわからないことを言う。

「とにかく今はないのだ。瓦版の挿し絵の金も些少だが入るはずだから……」

「家賃のことはまたゆっくりお話しするとして、先生、そうめん食べはりまへんか」

「そうめん？」

「へえ、到来もんのそうめんがおましたのやが、例によってみつが湯がきすぎましてな。井戸水で冷とう冷やしとりますのやが、いつまでもほっておくと水吸うて伸びてしまうさかい、困ってますのや。助けると思て、食べにきてもらえまへんか」

　幸助に食べさせようとわざと湯がきすぎたのはわかっている。「井戸水で冷とう冷やした」という言葉に負けて、幸助は厚意をありがたく受けさせてもらうことにした。

「いつもすまんな。では、ご相伴にあずかろう」

　家主藤兵衛の家は、幸助のところから東へ八軒先にある。ひとり娘のみつが出迎えた。

「先生、ようお越し。ぎょうさんあるさかいなんぼでも食べてください。薬味もいろいろ作りました」

幸助が膳のまえに座ると、椀に入ったつゆのほかに、いりごま、小口ネギ、おろし生姜、大根おろし、錦糸卵、茗荷、梅肉、ワサビ、焼きのりなどの小鉢が添えられ、なんともぜいたくである。そこにみつが水を張ったたらいに入れたそうめんを運んできた。見ているだけで涼しそうだ。藤兵衛が、

「先生、ご遠慮なく。わしらはもういただきましたさかい……」

「お内儀はどうなされた」

「あれ？　うちの婆さん、また留守かいな。――おい、みつ、あいつどこや？　はばかりか？」

「さあ……お風呂屋さんとちがうか？」

「またおらんのか。このクソ暑いときに風呂屋なんぞ行かいでも……」

藤兵衛の妻は、なぜか幸助が訪れるときにかぎって家にいないのだ。みつが、

「先生、ぬるならんうちにどうぞ」

「では、ちょうだいする」

幸助は椀に生姜と茗荷を少し入れると、箸の先で真っ白なそうめんをひっかけてつゆに浸し、一気にすすりこんだ。暑さに火照った口のなかを涼風が通り抜けたよう

な気がした。つゆの辛さも、めんのコシも、のど越しもなにもかも上塩梅だった。

「美味い……」

幸助は立て続けにめんをすすった。つるつるつるっという音すら涼味にひと役買っているようだった。いつもはうどん派の幸助も今日ばかりはそうめんに軍配を上げたくなった。お代わりにお代わりを重ね、とうとうたらい一杯分のそうめんを全部平らげてしまった。

「食った食った。あはははは……」

腹がくちくなると、なぜか笑いたくなる。

「さすがはおみつさんだ。湯がき方ひとつ取っても行き届いているし、薬味もぴりりと爽やかで食欲を増すものばかりだ。それに、そうめんも上等だな」

「いやゃわあ、先生。もらいもんの河内そうめんだす。こんなもんでよかったら毎日でも食べにきとくなはれ」

「ははは……夏はここのそうめんに限るな」

藤兵衛が、

「先生、そろそろお酒の方がよろしいのとちがいますか」

幸助はかぶりを振った。いつもならどんなに腹がいっぱいでも酒は断らない幸助だが、せっかく身体が冷えたのだ。どうせまた暑くなるだろうが、しばらくは汗をかくのはごめんだった。

「今日はごちそうになった。久しぶりに生き返ったような気分だ。どうもごちそうさま」

そう言って立ち上がりかけた幸助が、ふと水屋のうえに目をやると、そこに一枚の瓦版があった。挿し絵は、明らかに幸助がさっき描いたものだ。

「これは……？」

藤兵衛が、

「つい今しがた、そこの四つ角で瓦版屋から買いましたのや。これ、先生の絵だすか？」

「そうだ。ちょっと見せてくれ」

生五郎の達者な文章で、さっき聞いたばかりの事件の顚末がつづられている。最後に「この事件のなぞなぞが解けた御仁はぜひ西町奉行所のお役人に教えてあげられたし」という一文が添えられていた。藤兵衛が、

「怖い事件だすなあ。なんで判じものなんか置いていくのやろ」

「俺にもわからぬが、死体のうえにあったのだから、うっかり落としていった、とい

うわけではあるまい。下手人がなにかを伝えたいのだろう」

「下手人がだれに？」

「さあ……まずはこの判じものの意味がわからぬとどうにもならぬが……」

　聞いていたみつが、

「うち、知ってます」

「まことか」

「へえ……というても、うちが解いたわけやおまへん。まえにお稲荷さんのお祭りのときに、地口行灯になってたさかい……」

　みつによると、閻魔大王の舌に大きな石が載っているこの絵は「閻魔舌の力持ち」、つまり、「縁の下の力持ち」の地口なのだそうだ。

「なるほど、そうだったか……」

　判じものの意味はわかったが、それが殺人事件とどう結びつくのかはまったくわからない。

（生五郎に教えてやらねばならんな……）

　幸助はそう思った。

◇

「なにするんだよ、この助平ジジイ！」

頭を紫色の布で包んだ女は、老人の腕をねじり上げた。

「痛たたた……痛い痛い痛い、わしはなにもしとりゃせん」

「嘘つけ。あたしの荷物を持つふりをしてお尻を触っただろ！」

「そんなことしとらん。わしはあんたが荷を重そうに運んでたさかい、手伝うてやろうと、ほんの親切心で……」

往来で頭から罵声を浴びせられ、老人はおろおろしながらそう言った。地味だが、裕福そうな身なりをしている。女は老人の腕を放さず、なおもぎりぎりとしぼり上げる。なにごとならん、と野次馬も寄ってくる。老人は顔を真っ赤にして、

「やめてくれ。世間体が悪いやないか。手を放してくれ」

「やかましい。どこの隠居だか知らないけど、大勢のまえで恥をかかされたんだ。それ相応の落とし前はつけてもらうよ」

「落とし前、て……なにをしたらええ？」

「決まってるじゃないか。お金だよ」

「金か……なんぼほどあげたらええのや」

財布を出した老人が銭を勘定しようとしたとき、女は財布ごとひょいと取り上げ、

「これはこっちでもらっとくよ」

「あ……ああ……財布丸ごとというのは胴欲やないか！」

「なに言ってんだ。女郎蜘蛛のおきちを知らないのかい？　あたしにちょっかい出して命を取られずさいわいだと思いな」

女は、財布を取り返そうと手を伸ばしてきた老人の脛を蹴りつけた。財布をふところにねじこみ、倒れた老人に唾を吐きかけると、周囲を取り巻く野次馬たちをねめつけて、

「見世物じゃないよ。とっとと帰りなね！」

啖呵を切ってそのまま歩き去った。ひとの目がなくなったあたりで判子屋の看板に隠れてふたたび財布を出して中身をたしかめる。

「ひいふうみい……ふふふ、思ったより持ってやがったねえ。これで当分は美味いもの食って美味い酒が飲めるよ。うふふふふ……。こないだの仕事の分けまえ、大事に置いときゃよかったけど、入ったら使うのがあたしの性分。博打に負け続けでオケ

ラになっちまった。また親方の店にせびりに行こうかと思ってたんだけど……親方は近頃、あたしたちが店に来るのを嫌がるからねえ。まーったくだれのおかげであれだけの身代(しんだい)になれたと思ってるんだろねえ」

つぶやきながら、女はいくつもの路地を抜け、裏長屋が並ぶ迷路のような一角へと入っていった。そのうちの一軒の戸を開けると、ボロ畳のうえにごろりと寝転び、湯呑みに入っていた飲み残しの焼酎をあおった。胸をはだけて団扇(うちわ)でばたばたとあおりながら、

「ふふふふ……ジジイなんてちょろいもんだねえ。鼻の下伸ばしやがって、いい気味だよ。このおきち姐(ねえ)さんのお尻をタダで触ろうなんて、そんな真似はさせないよ、ばーか」

そのとき、ふとかたわらに一枚の紙が置かれていることに気づいた。そこには、逆立ちをした男と下駄の絵が描かれていた。

「なんだい、この判じものは……」

女は絵を手に取り、しばらくじっと見ていたが、やがてその手が震(ふる)え出した。

「こ、これって、まさか……」

そのとき、部屋のいちばん奥の薄暗いところから低い声がした。

「なぞなぞなあに、なぞなぞなあに……」

女は暗がりに向かって目を凝らした。

「昼間っから酒とはええご身分やな、女郎蜘蛛のおきち……いやさ比丘尼のお竹」

「あ、あんた……生きてたのかえ」

「地獄から舞い戻ったのや」

「あ、あたしじゃないんだ。あれはみんな……」

「罪のなすり合いはみっともないで」

「あんたなんぞにむざむざ殺されるあたしじゃない……あ、ううう……」

女は急に胸を押さえて苦悶の表情を浮かべた。

「あんた……毒を盛ったね、ちくしょうめ！」

「帰ってきたら残りを飲むと思てたのや。案の定やったな」

「く、苦しい……だれか、だれか助けて……」

喉をかきむしるようにして女はその場に倒れた。判じものの絵がひらひらと舞い、女の身体のうえに蝶のように止まった。

◇

幸助が家に戻ると、キチボウシがネズミに似た小動物の姿で行水をしていた。生ぬるい日向水（ひなたみず）をはねとばしながら、ぱちゃぱちゃと水浴びしている毛むくじゃらの厄病神を見ていると、あっという間に暑苦しさがぶり返した。

「なにをしているのだ」

「絵のなかも酷暑（こくしょ）ゆえ、こうして抜け出して水を浴びてみたものの……一向涼しくならぬぞよ」

「おまえも神なら、神通力で氷でも出してみろ」

「そんな力があるぐらいなら、とうに使うておる。——どこへ行っておった」

「家主のところで冷やしそうめんをよばれてきた」

「なに？　それはよい。我輩の分ももろうてきたじゃろうな」

「あいにく全部食うてしまった」

「たわけ！　さっきも言うたが、おのしは年寄りを敬（うやま）う気持ちに欠けておるぞよ」

「ははは……年寄りの冷や水というが、その冷や水で行水を使えば、すこしは涼しくなるだろう」

　キチボウシは舌打ちをし、ぶるぶるぶるっと身体を震わせた。生暖かい水を頭から浴びて、幸助はどんよりした。そのあと、汗を拭き拭き筆作りに精を出した。仕事はだいたい片付いたので、焼酎を湯呑み一杯あおりつけ、あとは夕方まで寝ていた。目が覚めると、少しは涼しくなっていた。キチボウシも絵のなかに納まっていた。

（そうだ……）

　幸助は、「縁の下の力持ち」の件を思い出し、のろのろと生五郎の住まいを訪ねた。

「生五郎はおるか」

　土間で墨を練っていた顔見知りの男が顔を上げて、

「あれっ、先生、生やんと会いまへんでしたか。ついさっき、先生のところへ行く、ちゅうてあわてて出ていきよりましたんやけど」

「行き違いになったか。――なんの用だ？」

「さあ……判じものの一件や、て言うとったけどなあ……」

「ああ、昨日の八百屋殺しのことだろう。あれなら今日、売り終えたはずだが、どこからかあの挿し絵に文句でも入ったのか……」

「とにかくもうしばらくしたら戻ってきまっしゃろ。ちょっと待っててもらえますか」

　そのとき、表からどたばたと入ってきたのは当の生五郎で、

「あーっ！　先生、探しましたんや！　まさかうちに来てはるとは……こんなことなら探しにいかなんだらよかった」

「俺の方もおまえに用があったのだ。あの閻魔大王の絵の意味がわかったゆえ、教えてやろうと思ってな。おまえもそのことか？」

「ちゃいま、ちゃいま。今度は尼さんだす」

「今度……？」

「へえ、半刻ほどまえに、道仁町の長屋で比丘尼がひとり殺されましたのや」

「長屋で比丘尼というと歌比丘尼の類か？」

　歌比丘尼というのは、髪をおろし尼の恰好をしているが、小唄の門付けをしながら春をひさぐ女である。

「いや、一応は尼寺で修行したこともある本式の比丘尼らしいけど、両方の太ももに蜘蛛の刺青があって、界隈では『女郎蜘蛛のおきち』ゆうふたつ名で呼ばれてたらしい。大酒は飲む、博打は打つ、ゆすりたかりに美人局はする、ゆう女極道だす。家から悲鳴が聞こえたんで、普段は付きあいのない近所のもんがおそるおそる見にいった

ら、もう息してなかったそうでおます。それで、手に判じもんを一枚つかんでいて……」

「なに？　またしても閻魔が舌を出している絵柄か？」

「ところがそうやおまへん。これだんねん」

生五郎が折り畳んだ紙を取り出した。

「野次馬に混じって死体に近づいて、ささっと写しましたんや。すぐにお役人に追い払われましたさかい、パッと見ただけだすけど、だいたいこんな絵だした」

男が逆立ちしている絵だった。その首のところに下駄が置いてある。

「先生、なんのことかわかりまっか？」

「うーん……男の逆立ちで『ことお』、それに下駄を足して『ことおげた』……『げたことお』。いや、ちがうな。意味をなさぬ……」

幸助はしばらく考えていたが、やがて紙を投げ出し、

「わからぬ。俺にはなぞなぞの才はないようだ」

「まあ、よろし。とりあえず先生には女殺しの一件の挿し絵をお願いします。家に戻らんでも、ここにある道具で描けまっしゃろ」

瓦版屋なので絵筆も絵の具もある。幸助は紙を広げると、すぐに描き出した。たち

まち頭を布で包んだ女が殺され、手に判じものをつかんでいる……という絵ができあがった。両方の太ももに蜘蛛の刺青を描き入れるのも忘れない。生五郎が、

「おおきにおおきにおおきに。さっそく刷りにかかりまっさ。——おんなじ下手人の仕業だすやろか」

「だろうな。ひとを殺して判じものを置いていくようなやつがたまたまふたりいる、とは思えぬ」

「下手人はなにを思てこんなことしてますのやろ」

「うーむ……閻魔大王の方の答はわかったのだが……」

幸助はあの絵が「縁の下の力持ち」の駄洒落であることを説明した。

「ほう、先生、さすがやなあ。お見事やおまへんか」

「俺が解いたのではない。家主の娘がたまたま解を知っていたのだ。しかし、解けたからといって下手人のことはなにもわからぬな。判じものも、なんの意味もなく、ただただ世間を騒がしたい、目立ちたい、というだけかもしれぬ」

「この逆立ちの方を解いたら、ちょっとは近づくのとちがいますか。お福旦那を呼んで、解いてもらえまへんやろか」

幸助は苦笑し、

「あいつの居所は俺にもわからぬ。どこかの新地か新町(しんまち)で網を張るしかないな」

「それやったら、その問多羅江雷蔵ゆうおひとを呼んだらどないだす？」

「あいつこそ、どこにいるのか……。うちの長屋では商売にならぬことはわかったはずだから、当分は寄り付かぬだろう」

「かなんなあ……。まあ、殺されたふたりには申し訳ないけど、これでまた儲けさせてもらいまっさ」

「そうだな。三度目はもうなかろうからな」

「いやあ、わかりまへんで。二度あることは三度ある、といいますさかい」

生五郎はそう言うと、瓦版の文章を書き始めた。

◇

西町奉行所定町廻(じょうまちまわ)り与力河骨鷹之進(こうほねたかのしん)は、部下の同心古畑良次郎(ふるはたりょうじろう)に言った。

「よいか、この二件の殺し、おそらく同一人の仕業と思われる。死体のうえになぞなぞを置くなど、お上を愚弄(ぐろう)する手口、断じて許しがたし。きっと究明(きゅうめい)するのだぞ」

「お言葉を返すようで恐縮(きょうしゅく)ではございますが……」

古畑はおずおずと言った。歳はまだ若く、二十代半ばと思われた。瓢簞のような瓜ざね顔で、ひげ剃りあとが青々としている。

「恐縮ならば黙っておれ」

「それがその……私は今、例の反物屋の押し込みの一件に取り掛かっておりまして、とてもそちらまでは手が回りかねまする」

反物問屋に盗賊が入るという事件がときどき発生していた。頻発というほどではなく、ときどき思い出したように起きるのだ。どうやら四、五人がひと組となり、主や家族、奉公人たちを縛り上げたうえで、金には手を付けず、反物だけをごっそりと盗んで去る。殺されたものこそいないが、先日、三津寺筋の「大和屋」という反物問屋では、縄を抜けた番頭がひそかに会所に知らせに行こうとしたのに気づいた一味のひとりに刀で斬られ、大怪我をした。町奉行所は、呉服屋や質屋、小間物屋などに盗まれた反物が持ち込まれるのではないかと網を張ったが、そのような形跡はなかった。

「盗みの件はしばらく置いておけ。反物の盗みも重大だが、ふたり続けてのひと殺し、いずれが大事かその方にはわからぬのか。お頭からも、今朝、くれぐれも三人目の犠牲を防ぎ、下手人を召し捕るように、とのお指図があった。瓦版には『お奉行所にはこのなぞなぞが解けぬものとみえる』などと書かれる始末だ。これは町奉行所の威信がかかっておるのだぞ」

「ははっ……」

古畑は平伏した。

◇

「貧乏神のおっさーん！　おっさーん！　おっさーん！　ミーンミンミンミン、オーシーツクツク、オーシーツクツク、シャアアアア！」

一旦は起きたものの、あまりの暑さに二度寝をしていた幸助はうっすら目を開けた。

「蟬吉か。もそっと静かにできぬか」

「蟬吉やおまへん、亀吉だす！　これでも静かにしてる方だっせ。もっとなんぼでもうるさくできますけど、やってみまひょか」

「勘弁してくれ。筆はできておるぞ」

「期日通りにあげていただいて助かります」

亀吉は大中小の筆の出来映えを一本ずつ手早く検品したあと、

「おおきに。いつもどおりどれも上出来でおます。いただいて帰ります。お代はここに置かせていただきます。これは受け取りだす」

こういうやりとりのとき、亀吉はきっちりと受け答えをする。よほど店で仕込まれているのだろう。

「いつもすまぬな。主によろしく伝えてくれ」

「へえ」

亀吉は大事そうに筆を風呂敷（ふろしき）に包んでいたが、脇に瓦版が置いてあるのを目ざとく見つけ、

「これ、先生の絵や！　今度はどういう事件だす？」

幸助は、八百屋殺しと尼殺しについて亀吉に簡単に説明した。

「ひょえーっ！　死体のうえになぞなぞが置いてあるやなんて怖すぎますわ。そのなぞなぞは解けましたんか？」

「ひとつは『閻魔舌の力持ち』だった。しかし、もうひとつの方はわからぬ」

「なぞなぞ屋さんに解いてもろたらええのとちがいますか」

「そうしたいが居場所がわからぬ」

「わかりまっせ。今朝お会いしました」

「なに？」

「わてが店のまえで水撒きしてたら、あのおひとが歌いながら通りかかったんで声をかけたら、わてのこと覚えてくれてはって、なぞなぞを一枚いただきました。これでおます」

亀吉は一枚の紙を幸助に見せた。そこには、「胡麻」と書かれた紙袋が逆さになってたくさんの胡麻がこぼれている絵と、赤い顔をした酔っ払いが一升徳利を酒屋に突き付けている絵が描かれていた。手がかりは「見かけよければ」とある。

「答が知りたかったら五十文持って、京町堀二丁目の長屋においで、て言うてはりましたけど、そんな銭持ってしまへんさかい丁重にお断りしました。――先生、解いとくなはれ」

「俺に解けるわけがない。――そうか、京町堀二丁目か」

これで問多羅江雷蔵の住まいがわかった。幸助が立ち上がったので、

「なぞなぞ屋さんに行きまんの？」

亀吉の問いにうなずいて、

「仕事が片付いて暇ができたので、ちょっと首を突っ込んでみようかと思うてな」

ふたりは日暮らし長屋を出た。

◇

「力丸とお竹が殺されたそうだっせ」

「うむ、聞いた。死体のうえに判じものが置いてあったとか……」

「あいつの仕業だすやろか……」

「馬鹿な……あの男は死んだはずだ。拙者もおまえもこの目で見たではないか」

「ほな、あいつの身内かなにかが……」

「いや、やつに親はおらぬし、嫁も子どももあのときの火事で死んだ」

「兄弟がいたのかもしれまへんで」

「そんな話は聞いたことはないが……。だが、そうだとしたらつぎは拙者か、おまえか……」

「ひいいっ、怖いこと言わんとってください」

「とにかく互いに用心することだ。拙者はまだ死にとうはない」

「わてもだす。――けど、このこと親方は知ってますのやろか」

「さあて……金儲けと夜遊びで大忙しのようだから、まだ耳には入っていないかもしれぬ」

「教えたげた方がよろしいやろか」

「やめておけ。拙者も先日、所持金が尽きたゆえ店に五両ほど貸してほしい、と無心に行ったが、このまえ分け前を渡したばかりだ、とけんもほろろだった。ならば、用心棒に雇(やと)うてくれ、と言うと、金をせびるばかりの用心棒など雇うわけがなかろう、つぎの仕事までおとなしくしておれ、と抜かしよった」

「親方の正体を世間にバラす、ゆうて脅(おど)してやったらどないだす?」

「そんなことをしたら我々も獄門だ。それに、親方にはこれからも仕事をもらわねばならぬ」

「つらいところだすなあ……」

「そういうことだ。――それにしてもおまえ、その恰好で暑くないのか」

「そら暑おまっせ。せやけど、そこをやせ我慢(がまん)するのが男伊達(おとこだて)ゆうもんの心意気(こころいき)だっしゃないか」

「拙者にはわからぬ話だな……」

店へ戻るという亀吉と別れて、幸助はひとりで京町堀へと向かった。問多羅江雷蔵の長屋はすぐに判明したが、彼は留守だった。昼間はだいたいなぞなぞを撒きにいっており、夕方にはそれを回収する。だから、家に帰ってくるのはいつも暮れ六つ（午後六時ごろ）以降だ、と隣に住む大工が教えてくれた。

（しかたない。そのころにまた来るか……）

◇

幸助はその足で周防町に赴いた。最初の八百屋の事件を洗い直そうと思ったのだ。あちらこちらでたずね、ようやく力丸という男が住んでいた長屋にたどりついたときは汗だくになっていた。着物が身体に貼りついて気色が悪い。家主に面会を求め、力丸のことをあれこれ質問すると、家主は疑り深そうな眼つきで幸助を見ながら、

「あんた、力丸とどういう関わりや」

「関わりなどない。瓦版で読んで関心を持ったから勝手に調べておるだけだ」

「あいつのことはお奉行所の同心に全部しゃべったで」

「俺は町奉行所とはつながりがない」

「お上のお役人でもないのに、そんな暇人、この世におるはずないわ」

「それがおるのだ、ここに。俺は絵師だが仕事がなく、暇で暇でしかたなくてな、こんなことをしておる。まあ、瓦版の種取りだと思うてくれればよい」

家主はまだ不審そうな顔つきを崩さず、

「あんた、まさか力丸の仲間やないやろな」

「仲間？　俺は八百屋ではないぞ」

「ごろんぼう仲間や。縦からでも横からでも因縁をつけて、おどして金をむしりとる。あんなやつ、なにが八百屋や。ただのゆすりたかりやないか。あの男に越してこられてどれだけわしが迷惑したか……。毎日無茶ばかりするさかい、長年の店子連中がみんな引っ越してしもた。あまりのことに耐えかねて、出ていってほしい、て言うたらいきなり丸太でどつかれたのや」

家主は頭を指差し、

「ほれ、見てくれ。ここにまだ傷があるやろ。あれ以来、わしはあいつのことはなにがあってもほうっておくことにした。刃物で刺されたらしいけど、正直、わしは下手人に感謝しとる。よう殺ってくれた、と拝みたいぐらいや」

「ははは……よほど嫌われていたようだな。力丸の金回りはどうだった」

「いつもぴーぴーしとったな。たまにごっつい大金を持ってることがあったけど、すぐにまた一文なしになる。博打が好きやったから、金が入ったら賭場ですってしまうのやろな」

「ふーむ、大金か……」

振り売りの八百屋がそんな大金を手にできるわけがない。幸助はその金の入手先が気になった。

「この長屋に来るまえも八百屋をしていたのか？」

「そんなん知らんわ。あ、そや……」

家主はなにかを思い出したようだった。

「これは、お役人には言わんかったんやけど、いっぺん昔の友だちらしい男と道でしゃべってるのを見かけたことがあったのや。そのとき、力丸は『閻魔の兄貴』て呼ばれてたわ」

「なに……？」

閻魔といえば、あのなぞなぞではないか。閻魔舌の力持ち……。

「そうか！」

幸助はポンと手を打った。

「おそらく力丸はかつて『閻魔の力丸』と名乗っていたのだろう。あのなぞなぞは『閻魔』と『力』……つまり、力丸のことを示していたのだ」

そんなふたつ名があるということは、ただの博打好きのごんたくれではない。おそらく本もののワルだろう、と幸助は思った。家主は感心したように、

「閻魔の力丸か。そうかもわかりまへんな」

「だが、なにゆえやつは閻魔と名乗っていたのだ？　大根の刺青をしていたのだから、『大根の力丸』ならわかるが……」

「さあ、わしにはさっぱり……」

「力丸はここに来るまえはどこに住んでいたか知っているか」

「『借家請け状』を見せてくれ、と言うたら、たった今、家主殴って長屋おん出てきたところやからそんなもんはない、四の五の抜かすんやったらおまえもドタマカチ割ったろか、て胸倉摑んで怒鳴られたさかい、請け状はもろてないのや。けど、たしか天王寺村のあたりや、とか言うてたような……」

「力丸のことを『閻魔の兄貴』と呼んでいた男のことで覚えていることはないか」

「背の低い、小柄な男で、こすっからそうな顔しとりましたなあ」

「ついでにきくが、女郎蜘蛛のおきちという名前に心当たりはないか」

「さあ……なんかおとろしい名前だすなあ。聞いたこともおまへんわ」

収穫があったので幸助は満足して長屋を出、道仁町へ向かった。おきちが住んでいた長屋で聞き込みをしようと思ったのだ。そこが住まいだった、と聞いた家に入ろうとすると、なかから男がひとり、ぬうと現れた。着流しに黒い羽織の侍で十手で自分の肩を叩いている。町奉行所の同心だろう。着物は汗でしとどに濡れており、不快極まりないような顔つきをしている。家から一歩を踏み出すと、腕を額に掲げ、照りつける太陽を防ごうとするかのような仕草をした。

「暑い……」

すぐ後ろから同じく十手を持った、手下らしい若い男が現れた。同心は手下を振り返ろうともせず、まえを見すえたままで、

「ここも収穫なしか。馬鹿馬鹿しい。たかが知れた八百屋だの破戒尼が死んだぐらいであたふたすることはない。だれが下手人か皆目わからぬが、放っておけばよいのだ。そう思わぬか、白八」

「けど、なんちゅうたかてひと殺しだすさかい、河骨の旦那もかならず究明せよ、とお命じになられたんだすやろ」

「それはそうだが……私は反物問屋から内々に金をもろうて、盗人の召し捕りをくれ

ぐれも、と頼まれていたのだ。それを横に置いて、一文にもならぬくだらぬ極潰しどもが殺された件を調べねばならぬとは……」

「なんや、また金がらみだすか」

「金がなくてはおまえに小遣いをやることもできぬではないか」

「そんなこと言われても、もう長いこと小遣いなんぞもろたことおまへんで。そろそろちょうだいできまへんか」

「ああ、暑い暑い！　こう暑いのに外廻りばかりやらされては人間の干物ができあがってしまう。与力だの町奉行だのといった連中は涼しい奉行所のなかにいて、我々にああせいこうせいと命じるだけだから楽な仕事だ」

　幸助にはその同心が、西町奉行所定町廻りの古畑良次郎だとわかった。強きを助け弱きをくじき、賄賂でもなんでも、もらえる金はふところに入れる、という典型的な町役人である。

「ああ、暑い暑い。暑うてたまらぬ。こう暑くては御用どころではない。暑い暑い暑い暑い暑い暑い」

「旦那、暑いときに『暑い』て言うたらよけいに暑うなりまっせ。ちょっと黙ってたらどうだす」

「なに？　おまえ、手下のくせに私に指図するのか」

「そやおまへんけど、『暑い』て口で言うたかて涼しくはなりまへんで」

「うるさい、暑いときに暑いと言ってなにが悪い。ああ、暑い暑い暑い暑い暑い！」

「暑いのはわてのせいやおまへん」

「貴様、私に口答えするのか！」

やりとりを聞いていた幸助は思わずくすりと笑ってしまった。古畑はようやく幸助の存在に気づき、

「また貴様か。私の行く先々をちょろちょろするな。目障り（めざわ）りだ」

「尼殺しについて調べにまいったのだ」

「それは我々に任せておけ。おまえたちが出しゃばることではない」

「なにかわかったのか」

「もちろんだ。もう下手人の目星もついておる」

白八が、

「へ？　さっきはだれが下手人か皆目わからん、て言うてはりましたがな」

「しっ！　だまれ！」

幸助は、

「判じものの意味はわかったのか？」

「判じもの？　ああ、あれか。あれは意味などない。下手人が町奉行所を攪乱しようとしてやったことにすぎぬ。貴様たち素人はその手に引っかかっていたずらに時を費やすが、我らは惑わされぬ。どうせつまらぬ喧嘩沙汰だろう」

「三件目はあると思うか」

「あるわけがない。黄表紙本の読みすぎだ。──よいか、御用の邪魔をしたら容赦なくひっくくって牢にぶちこむからそう思え。──白八、行くぞ。ああ、暑い暑い……」

古畑と手下が行ってしまうのを見届けてから、幸助は聞き込みをはじめた。しかし、ここでは収穫がなかった。女郎蜘蛛のおきちは、力丸同様、長屋中から嫌われており、一度も家賃を払ったことがないらしかった。家主も、「死んでくれてホッとした」と吐き捨てるように言ったが、それ以上のことについては口を閉ざした。なにかを隠しているのではなく、本当になにも知らないようだった。

「あの女とは付き合いせんようにしてたからなにもわからんわ。さっき来た顔の長い同心にもそう言うた。なにを仕事にしていたか？　そんなこと知らん。まあ、ありていに言えば美人局やろ。真っ昼間から鼻の下長うした男を連れ込んで、最後は財布から着物からなにもかも丸裸にして放り出してたわ。あんなやつと関わり合いになったら、ろくなことはない。だれが殺してくれたのかわからんけど、死んでくれてせいせいしたわ」

けんもほろろである。

「ときどきふところ具合のええときもあったみたいやけど、そんなときでも家賃の溜めは一文も払わんかったなあ。たぶん今頃は地獄におるやろ。なんまんだぶ、なんまんだぶ」

「地獄といえば、閻魔の力丸という男の名前を聞いたことはないか？」

「初耳やな。そいつはなにものだす」

幸助が八百屋の力丸殺しについて話し、そこにも判じものがあった、と言うと、家主は驚いた様子で、

「悪いやつをこの世から消してくれる神さまみたいなおひとがいてはるのやなあ」

そう言った。

◇

　夕方になるまで時間をつぶしたあと、幸助は京町堀に向かった。そろそろ江雷蔵が戻っている頃合いのはずである。江雷蔵の長屋の方に歩いていくと、なんと向こうから江雷蔵がこちらに向かってやってくるではないか。しかも、本縄で縛されている。縄を引いているのは白八で、その後ろにふんぞり返っているのは古畑良次郎だ。

「さあ、きりきり歩め！」

　古畑は十手で江雷蔵の背中をつつく。

「江雷蔵、なにがあったのだ」

　幸助が声をかけると、

「あっ、絵師の先生……助けとくなはれ！　この連中が急に長屋に来て十手を突きつけてわてを縛り上げよった。わてはなんにもしてまへん」

　古畑は、

「申し開きは会所でいたせ。私は例の判じものを見たときから、この件にはなぞなぞ屋がからんでいるとにらんでいたのだ」

「さっきは、判じものに意味などない、と言うておったではないか」

　白八が幸助に、

「うちの旦那、あのあと急に『なぞなぞ屋が怪しい』と言い出さはりましたのや」

「黙れ！　死体のうえに判じものを放り込んでいく手口、下手人はなぞなぞ屋に決まっておる」

「だが、なぞなぞ屋もたくさんいる。この男が下手人だと断ずることはできまい」

「二件の殺しのときに置かれていた判じものには、どちらにも裏に『天下一』と書かれていたのだ」

「なに……？」

生五郎は、判じものの表だけを見て写しただけなので、裏にもなにか書かれていたとは知らなかったのだ。

「天下一のなぞなぞ屋と名乗っているものがおらぬかどうか調べてみると、すぐにこやつが浮かびあがった。まちがいなく殺しはこやつのしわざだ」

江雷蔵はかぶりを振り、

「わては、判じものの裏に『天下一』なんて書いたことはいっぺんもおまへん！　信じとくなはれ」

古畑は、

「では、おまえのほかに『天下一』がおるというのか」

江雷蔵がハッとしたように幸助には見えた。しかし、江雷蔵の口から出た言葉は、

「いてまへん……」

「それみろ。あとはゆっくり吟味してやるから覚悟いたせ」

古畑はにたりと幸助に笑いかけ、

「というわけで下手人は私が捕らえた。おまえは家でつまらぬ絵でも描いておれ。わはははは……白八、今日の酒は美味いぞ」

「おごってくれはりますのか」

「たわけ、割り勘だ」

幸助は引かれていく江雷蔵の背中に向かって、

「よいか、いくら責められても、やった覚えのないことを『やった』と申すでないぞ」

古畑が振り返って、

「いらぬ知恵をつけるな！」

そう怒鳴った。三人が行ってしまったあと、

（「天下一」という署名があったとは……）

幸助はため息をついた。

◇

やることがなくなった幸助がキチボウシを相手に焼酎を飲んでいると、生五郎が来た。キチボウシはあわててネズミに似た小動物の姿に変じた。

「先生、同心の古畑が天下一のなぞなぞ屋を召し捕ったそうだすな」

「うむ。判じものの裏に『天下一』と書かれていたのが決め手らしい」

「わては表しか見てまへんさかいな……。けど、ほんまに下手人だっしゃろか」

「さて……殺されたふたりとのつながりや、殺した理由なんぞがわかるかどうかだな。また瓦版を出すのか」

「いや……あいつの手柄を喧伝(けんでん)するのはムカつきますさかいやめときますわ」

生五郎はそれだけ言うと帰っていった。幸助はごろりと横になって、天井を見つめたままなにやら考えていたが、やがて起き上がるとキチボウシに、

「ちょっと出かけてくる」

老人の姿になったキチボウシは、

「お福を探しにいくのか」

「よくわかるな」

「おのしの考えることなどなんでもお見通しぞよ」

「やはり判じものの意味がわからなくては、この事件の謎は解けぬ。といって俺の手には余るゆえ、お福の出馬を仰ぐしかない」

「ゆるりと行ってこい。焼酎は我輩がみないただいておくぞよ」

キチボウシはそう言うとキチキチキチッと笑った。

◇

長屋を出た幸助が向かったのは駕籠常という駕籠屋である。知り合いの良太と牛次郎というふたりの六尺は店にいた。先棒の良太は「まっすぐの良太」と異名を取るほどの馬鹿正直な男で、後棒の牛次郎は背が高く、頑強な体軀の持ち主だった。

「今日はお福を乗せていないか？」

幸助が言うと良太が、

「乗せましたで、曽根崎まで」

お福はこのふたりが気に入り、どこに行くにもふたりの駕籠を使うのだ。

「曽根崎新地で散財か。わかった、ありがとう」

「旦那も新地でやすか。乗せていきまひょか」

「ははは……そんな金はない」

ようやく日中の熱気が収まりつつある大坂の町を幸助は北へと向かった。曽根崎新地は大名家の蔵屋敷が並ぶ堂島に近いため、蔵役人なども訪れる格式を誇っていた。幸助の住む福島羅漢まえからもほど近い。普段は色里などにまるで縁のない幸助だが、久しぶりに来てみると、炎暑にくたびれた市中とはまるでちがう別世界が広がっていた。入念に打ち水がされた道はひいやりとし、そこに堂島川と曽根崎川から川風が吹き込む。そぞろに歩いている客たちも、昼間の暑さを忘れたかのように涼し気な顔をしていた。まだ時刻が早いので、道も混んではいない。そんななかを幸助は大津屋という茶屋を目指した。お福のなじみの店のはずである。これまで何度かお福をたずねて来たことがあるから、若い者も幸助の顔を知っており、無下に追い返したりはしない。なにしろ金づるの分限者の友だちなのだ。

しかし、お福旦那はいなかった。応対に出た男が、

「お福の旦さん、お越しになられましたのやが、今夜は恵比寿堂の旦さんの貸し切りになっとりまして、やむなくお断りさせていただきました。ああ、残念や。ぼろ儲け

できるとこやったのに……」

「どこに行ったか知らぬか」

「たぶん『蕃ケ楼』やと思いますわ。うちやなかったらあそこだっしゃろ」

幸助は言われた通り蕃ケ楼という茶屋に向かった。店のまえまで行くと、

「うわーっ、小判や、小判や！　きらきらの小判や！」

そんな声が頭上から降ってきた。茶屋の二階を見上げると、窓を全開にした座敷から浮かれ騒ぐ声が飛び出している。

「福の神の旦那さん、今夜は散財といきまひょ」

「いつも散財しとるやないか」

「いえ、今日は散財のうえにも散財を重ねて、大散財とまいりまひょいな。さあ、にぎやかに三味線頼むで。わては太鼓を叩くさかい。そーれそれそれ……行きまっせえ！　一の二の……三つ！」

掛け声とともに曽根崎川から花火が打ち上がり、夜空を染めた。

「おお……これは豪勢やな」

「へえ、お福旦那がご来店と聞きまして、とくに支度させました。お気に入りいただけましたか」

「なかなかの趣向やないか。つぎは花火に合わせて、わたいが金を撒くさかいな」

「その一言、待ってましたあっ！」

幸助はにやりとして、その茶屋の入り口をくぐった。出てきた店の若いものがいぶかしそうに幸助の身なりを品定めしたあと、

「すんまへん、こう見えてうちはかなり高い店でな、ご浪人さんが遊べるようなところやおまへんのや」

「俺も遊ぶ気はない。二階にお福が来ているだろう。すまぬがこの手紙を取り次いでくれぬか」

そう言って幸助は折り畳んだ紙を男に渡した。

「お福旦那は今、お楽しみの最中や。遊びの腰折ったら悪いさかい伝えられん」

「遊びの腰を折るとおまえたちの儲けが減るからな。だが、そうも言うておれぬのだ。早く伝えぬと、あとでお福をしくじることになるぞ」

「それ、ほんまだすかいな」

若いものはしばらく考えたあと、半信半疑の顔つきで二階への階段を上っていた。しばらくすると手紙を手にしたお福がどたばたと下りてきて、

「貧乏神、これ、ほんまかいな、あのなぞなぞ屋が殺しの下手人として召し捕られた、

ちゅうのは！」

「まことだ。西町奉行所の古畑が縄をかけた」

「えらいこっちゃがな。あのなぞなぞ屋が殺りよったんやろか」

「わからぬ。俺たちは問多羅江雷蔵という男のことをなにも知らぬ。本名すらわからぬ。だが、古畑があいつを召し捕ったとき、俺もその場に居合わせたのだが、江雷蔵は俺に、自分はやっていない、助けてくれ、と申しておった。俺としては信じてやりたいところだが……」

「わたいもそう思う。なぞなぞ勝負をした仲やさかいな。あいつが下手人やないとしたら、真犯人がほかにおるはずや。そいつを探さなあかん。まずはおまえの家で軍議をしよか。行こ行こ」

　あとから下りてきた若いものが、

「そ、それは困ります。せっかく久々にうちに登楼（あ）がっていただきましたのや。物騒（ぶっそう）な話は明日から、ということにして、今夜はひとつ大散財をお願いいたします。せっかくの花火もおますさかい……」

「すまんけどな、今日は遊んでる暇がのうなったのや。また今度埋め合わせするさかい、帰らせてくれ」

「そんなことされてはわてが主から大目玉食らいます。せめて花火だけでも全部見とくなはれ」

お福はふところから膨(ふく)らんだ財布を出すと、小判をその場にざらざらと撒いた。

「これをあんたに任すさかい、今日の支払い、あんじょうしといてんか。芸子、舞妓、幇間(たいこ)……花火師にも祝儀をなあ、よろしゅう頼むわ」

若いものは目を丸くして、

「わ、わかりました……」

消え入るような声でそう言った。

「さ、行こか」

お福は先に立って歩きだした。幸助は笑って、

「金持ちというのもなかなかたいへんだな。遊びを中座するのに金を出さねばならぬとは……」

「のほほほほ……一度貧乏がしてみたい、ゆうやつや」

お福がこういう言葉を口にしても嫌味(いやみ)にはならない。

「今日はいつもの店は貸し切りだったそうだな」

「そやねん。茶店を貸し切りやなんて思い切ったことしよるわ」

「おまえはやったことはないのか」

「なんぼ金があっても、ほかの客が遊べんようにするのはおごりや。そう思わんか」

幸助はうなずいた。こういう考えの持ち主だから、幸助はお福が好きなのだ。

「恵比寿堂とやらは、よほど儲けている商人なのか」

「わたいは商売違いやからよう知らんけど、坐摩(ざま)の前にある古手の買次問屋らしいわ。もともと小さい店やったのが、主がやり手で店をどんどん大きゅうしたとか……」

坐摩の前には古手屋が多い。そのなかで店を大きくするのは並大抵(なみたいてい)の才覚ではないと思われた。

ふたりは日暮らし長屋の幸助の家に向かった。なかに入ると、キチボウシはネズミに似た小動物の姿で眠りこけていた。焼酎がまだ残っていたので、幸助は茶碗をふたつ出してそれを注いだ。幸助は、二件の事件のあらましをお福に語ったあと、二枚の瓦版をお福に見せた。お福は、八百屋殺しの方に目を通し、即座に言った。

「ああ、これは『閻魔舌の力持ち』やな」

「殺された八百屋の名前が『閻魔の力丸』というのだ。なにゆえそんなふたつ名がついているのかはわからん」

「閻魔の刺青でもしてるんやったらともかく、大根の刺青ではなあ……。待てよ、貧乏神、あんさん、その男のまえの住まいは天王寺村のあたりや、て言うたな」

「それがどうした」

「もしかしたら合邦辻とちがうか」

合邦辻は、天王寺の西側、一心寺や安居天神に近い四辻で、閻魔堂があることで知られている。人形芝居や歌舞伎で演じられる「摂州合邦辻」の舞台としても名高い。

「なるほど、閻魔堂の近くに住んでいたから『閻魔の力丸』か。ありうる話だな。明日にでもあのあたりを訪ねてみよう。——尼の方はどうだ」

お福は二枚目の瓦版をしばらく見ていたが、やがて、酒をがぶりと飲んだ。

「どうした……？」

「あのな、この女、『女郎蜘蛛のおきち』ゆう名前や、て言うたな」

幸助がうなずくと、

「ひょっとして偽名やないかな」

「なぜそう思う」

「昔、『比丘尼のお竹』ゆう女盗人の話を聞いたことがあるのや」

お福はかつて父親とともに盗人の嫌疑をかけられ、無実の罪で島送りになった。そのとき大勢の盗人の知己を得た。のちに疑いが晴れて島から戻ったお福は大きな米問屋の主となったが、今でも一部の盗人とはひそかに交友があり、その世界には詳しかった。

「たしか何人組かの盗人一味の一員で、頭領はほかにいたはずやが……その比丘尼のお竹の両太ももには女郎蜘蛛の刺青があった、と聞いとる」

「つまり、女郎蜘蛛のおきちは比丘尼のお竹の変名だというのだな。しかし、盗人や莫蓮女の類ならば蜘蛛の刺青をしているものは多かろう」

「そらそやけど、あんた、この判じものをなんと解く？」

お福は、幸助が描いた瓦版の挿し絵を指差した。例の「男が逆立ちし、その首のところに下駄が置いてある」絵だ。

「俺には解けぬ」

「さよか。わたいの考えでは、これはやな『下駄に首』つまり『けたにくひ』が逆さまになって『ひくにたけ』……比丘尼のお竹というのが答やと思う」

幸助は啞然とした。

「こちらも殺されたものの名前を示していた、となると、同じものの犯行であることは間違いないようだな。しかし、なにゆえ判じものを置いていくのだろう」

「これは推量やけど、下手人は判じものを置いていくことで、『つぎはおまえやで』

とつぎに殺す相手をビビらせたいのとちがうかな」

「だとしたら、下手人の目的は復讐だな。二度あることは三度ある……だろうか」

「古畑の考え通り、あのなぞなぞ屋が下手人やとしたら、三人目の事件は起こらんはずや。――これからどないする？」

「俺は明日、合邦辻のあたりに行ってみよう。おまえは比丘尼のお竹という盗人について調べてくれ」

「よっしゃ。そうと決まったら今夜は飲もう。――というても、焼酎も残りわずかやな。また、わたいが買うてくるわ」

「新地で花火をあげながら美味い酒を飲んでいたのにすまぬな」

「のほほほほ……酒なんか酔うてしもたら美味いもまずいもみな一緒や。それにあんな店で芸子、舞妓の機嫌取りながら大金払うより、ここの方がずっと気楽で楽しいわ」

　お福旦那の言葉はどうやら本心のようだった。

「聞きましたか。お役人が問多羅江雷蔵とかいうなぞなぞ屋を召し捕ったそうだっせ。そいつが下手人やったら、わてらは安泰ゆうことだすな」

「そう思いたいが、大坂の町奉行所は無能なやつが多い。ドジな役人の勘違いということもありうる。そやつがまことの下手人と決まるまではお互い用心せねばなるまいな」

「そうだんな。お解き放ちにでもなったら困りまんな」

「そやつがなぞなぞ屋だというのが気になる。聞いたことのない名前だが、あいつと関わりがある男かもしれぬ」

「けど、これでまあ少しはホッとしましたわ。そのなぞなぞ屋、お調べがついて一刻も早う磔獄門になってもらいたいもんだす」

「そうなれば我らも枕を高うして眠れるというわけだ。今日は祝杯といくか」

「へへへ……よろしいな」

◇

翌日、幸助は合邦辻に足を運んだ。福島から天王寺まではかなりの道のりなので幸助としてはかなり早起きしたつもりだったが、合邦辻に着いたのは昼まえだった。閻魔堂に入り、怖い顔の閻魔大王を形ばかり拝むと（賽銭は入れなかった）、適当にその界隈の長屋を廻り、「閻魔の力丸」についてたずねた。驚いたことに、最初に訪れた長屋でいきなり収穫があった。家主が、

「力丸？　ああ、あいつか。たしかに昔、うちの長屋におったなあ。ろくでもないやつやった。毎日のようにいざこざがあった。喧嘩沙汰、刃物沙汰や。出ていってくれてせいせいしたわ。担ぎの八百屋？　とんでもない。あいつは盗人やで」

「盗人……？」

「閻魔の力丸やなんて名前がついてたらしい。ときどき仲間らしい連中が三人訪ねてきてたから、なにか悪い相談でもしてたのやろな」

「そのなかに、女がいなかったか」

「いたいた。えらい別嬪やったけど、尼さんやったなあ。強面で、男どもを顎で使うてたわ」

「名前はお竹ではなかったか」

「さあ、そこまでは知らん。お役人の手入れがあって、力丸は盗みの科でお召し捕りになったのやが、知らぬ存ぜぬで通して、結局は百叩きでお解き放ちになったのや。

そのあとすぐやったな、ここを出ていったのは」

「仲間の名前を覚えていないか」

「うーん……名前までは知らんけど、浪人ものがひとりいてたな。あと、町人で鼻の下に町奴風の髭を生やして、夏でも毛皮のどてらを着てたやつ。いつもこの四人やったわ」

「そうか。造作をかけたな」

「あんた、お上の御用でこんなことたずねて回ってるんか？」

「これは俺の道楽だ」

立ち去ろうとした幸助は、ふと思いついて、

「問多羅江雷蔵という名前を聞いたことはないか。天下一のなぞなぞ屋と名乗っている男だ」

「聞いたことないな。けど……そう言えばあいつら、ここに集まってた名目は『なぞなぞ講』やで」

「なんだそれは！」

幸助が大声を出したので家主は一歩しりぞき、

「なぞなぞを作って、それを出し合いする、ゆう集まりや。師匠格というか世話役が

どこかにいて、そのひとの家に行っていろいろ教わりながらなぞなぞを考える、とか言うとった。おまえらどんだけ暇やねん、と思たけど、他人のすることや。わしの知ったこっちゃないわ。勝手にさらせ、てなもんだす」

「その世話役の名前を覚えているか？」

「忘れた」

肝心のことは覚えていないのだ。幸助は、

（やはり、なぞなぞが出てきたか……）

そう思いながらその長屋を出た。

そのころお福は大川沿いにある船宿の一室にいた。ここなら女中は酒と肴の支度をしたら手を打つまでは入ってこない。男女の密会にはもってこいだが、お福のまえに座っているのはひとりの男だった。痩せてはいるが、贅肉だけを削ぎ落とし、筋肉だけにしたような体軀の持ち主である。苦み走った顔立ちで、眉が太い。
「というわけでな、独楽二郎さん、しゃべれることだけでええさかいに教えてくれへ

んか」

　お福は男に酒を注ぎながらそう言った。

「ほかならぬお福旦那の頼みだ。あっしにわかることならなんでもきいてくだせえ。ただ、あっしはついさっき江戸から戻ってきたところでね、お役に立つかどうか……」

　独楽二郎と呼ばれた男は頭を掻いた。彼は盗人で、江戸と大坂を往復しながら街道で細かい稼ぎをして暮らしている。以前、お福に世話になったことがあり、それを恩に着てときどきこうして消息を知らせてくれるのだ。

「比丘尼のお竹ゆう盗人についてや」

　独楽二郎の面持ちがこわばった。

「殺されたってことを旅の空で耳にしやしたが……」

「そやねん」

「下手人は上がったんじゃあ……」

「なぞなぞ屋の問多羅江雷蔵ゆう男が召し捕られたのやが、どうも裏になにかありそうで調べとるのや」

「へへへへ……相変わらずの物好きでござんすねえ。――死体のうえに判じものが置いてあったとか……」

「そうらしい。近頃は女郎蜘蛛のおきちとか名乗ってたらしいが、わたいがその判じものを解いたら『比丘尼のお竹』となったのや」

「てえことは、おきちがお竹であることを知ってる昔の盗人仲間の仕業かもしれませんね。お竹は三、四人の仲間とつるんで仕事をしてやした。細けえ盗みが多かったけど、たまにでけえ山も踏んでたっけ。一度捕まってからは、お竹も盗人稼業から足を洗って、ゆすりたかりや美人局をしながら細々暮らしてたみてえです」

「あと、閻魔の力丸ゆうやつも殺されたのやけどお竹と関わりあるやろか。わたいは知らん名前やけど、おんなじように判じものが置いてあったのや」

「力丸ですって?」

独楽二郎は身を乗り出した。

「閻魔の力丸もお竹と同じ一味でござんす。そのふたりが殺されたってえことは……こいつぁたしかになにかありやすね。下手人は同じでがしょう」

「その一味に属してたほかの盗人の名前を知らんか?」

「あっしの知ってるかぎりじゃあ、まずは我慢の助三(すけぞう)ですね。真夏でもどてらを着て、町奴を気取ってる変わりもんでやす」

「ほかには？」

「もうひとり、道宇富十郎という浪人も仲間だったと思います。かなり腕は立つが、酒と博打で身を持ち崩して、一味に入ったそうでやす。飲むとひとが変わったように暴れ出すので、まわりも持て余しぎみだったとか……」

「つぎはそのふたりのうちどちらかが殺される、というわけか……。そいつらのヤサはわかるか？」

「あっしは知らねえが、知ってそうなやつらにきいてみやしょう」

「その連中に恨みのあるやつに心当たりはないか？　なぞなぞや判じものが得意やと思うのやが……」

「皆目わかりゃしねえ。ただ……」

「ただ？」

独楽二郎はすぐには答えず、腕組みをしてしばらく考えていたが、

「あの連中は雑魚で、べつに頭目がいたはずでさあ」

「頭目……？　いったいだれや」

「さあ……そこまでは……」

独楽二郎は申し訳なさそうに言った。

「おおきに。おまはんのおかげでいろいろわかった。恩に着るで」

お福は財布から包み銀（小粒をいくつか紙に包んだもの）をひとつ出して独楽二郎に渡した。

「こいつぁいけませんや。小遣いにしても多すぎらあ」

「かまへんかまへん。これからもいろいろ教えてや」

「へえ。あっしは仲間を売るような真似はいたしませんが、大坂からいなくなった方が町の衆に喜ばれるようなやつらのことならいくらでもお話しいたしやす」

独楽二郎は包み銀を押しいただいてふところに入れた。

会所の戸が引き開けられ、ぬうと長い顔を出したのは古畑良次郎と手下の白八だった。
「まだ吐かぬか」
古畑はそう言いながらなかに入る。町代下役（ちょうだいげやく）が、
「ずっと知らぬ存ぜぬで……」

「手ぬるい！」

古畑は一喝した。

「私はお頭から厳しい指図を受けておる。とっととこやつに泥を吐かせぬと、天満の牢にぶち込むことができぬではないか」

罪人を町奉行所の牢に移すには、会所における取り調べの結果、犯罪者かどうかの見極めがついている必要があった。証拠が不十分の場合は町内預り、もしくは解き放ちになる。

「そうおっしゃられましても、『なぞなぞ屋である』というだけでお召し捕りになったのでしょう。なぞなぞ屋の願人坊主などほかにいくらもおりますからなあ」

「たわけ。こやつはただのなぞなぞ屋にあらず。『天下一のなぞなぞ屋』と自称しておるゆえ召し捕ったのだ」

「はあ……」

「あとは殴るなり蹴るなりして自白させればこっちのものだ。——そこの弓の折れでこいつを打て」

「そんな無茶な」

会所では責め（拷問）によって口を割らせることは許されておらず、そういったやり方は天満の牢屋敷のなかでのみ行われることとなっていた。

「弓で打つぐらいは責めのうちには入らぬ。さあ、打て。打たぬか」

江雷蔵は震え上がっている。下役が言われたとおりにしないので、古畑はみずから弓の折れを手にして江雷蔵の肩を発止と打ち、

「さあ、申せ。閻魔の力丸と女郎蜘蛛のおきちを殺したのは貴様であろう！」

「ちがいます。わてはなにもしてまへん」

「ならば、なにゆえ判じものの裏に『天下一』の署名があったのだ」

「そんなこと言われても……やったもんにきいとくなはれ」

「貴様がやったのだ」

「やってまへん」

「やった」

「やってまへん」

「ええい、吐け、吐け、吐け！」

気が上ずった古畑は何度も江雷蔵の肩や背中を打った。江雷蔵はじっと耐えていたが、突然、きっと古畑を見つめ、

「なーんぞなんぞ、ななななんぞ、菜っ切り包丁、長刀、なーんぞなんぞ、ななななんぞ、

納戸の掛け金、外すが大事、その先なんぞ、あれこれなんぞ、解ければ消ゆる春の淡雪、なーんぞなんぞ、ななななんぞ、解いたらえらいぞ、ほめたげよ……」

「な、なにを申しておる！」

「わてがこうして吟味を受けている、とかけて、なんと解く？」

古畑は目を白黒させて、

「な、なに……？」

すかさず町代下役が、

「『江雷蔵さんが会所で吟味を受けている』……あげまひょ」

「これをもらいますと、『葬礼のあと食事をしていると鼻から血が出た』と解きます」

「その心は？」

「どうせ……お斎・鼻血（お解き放ち）やないかいな」

下役は手を打ってげらげら笑い、

「ははは……上手い上手い！」

白八も、

「うわあ、達者やなあ」

古畑ただひとり、苦虫を嚙み潰したような顔で江雷蔵をにらみつけている。

◇

暑苦しい部屋のなかで男がひとり、上半身裸で仕事をしている。平たく削った竹の寸法を整え、ときどきやすりをかけている。かたわらにはそれを組み合わせて一カ所で留めたものが積み上げられている。どうやら扇子作りの職人らしい。

「並太郎さんやな」

声がした。並太郎と呼ばれた男はぎくりとして左右を見渡した。しかし、だれもいない。

「ここや、ここや」

へっついの陰から黒い影法師がぬうと立ち上がった。並太郎はじっとその人物を見つめていたが、

「だれや。見かけん顔やな」

「私のことを知らんのも無理はない。私もあんたに会うのは今日がはじめてや」

「仕事の『依頼』ならわては直には引き受けんで。通すところを通してもらわんと……」

「頼みに来たのやない」

「ほな、なんや。まさか扇子の買い付けに来たのやないやろな。とっとと帰れ」

「あんたはこれまで金をもろて大勢を殺めてきた。今日はあんたに『殺される側』の気分を味おうてもらお、と思てな」

「なにっ」

　並太郎は扇子の骨を数本右手につかみ、立ち上がった。

「おんどれ、だれに頼まれた」

「だれにも頼まれとりゃあせん」

「ほな、わてに恨みがあるのか。そうか、わかった。わてが殺ったやつの身内やな」

「ちがう。あんたにはなんの恨みもない。縁もゆかりもない。ただ……今日私があんたを殺すのはな、なぞなぞのためや」

「な、なんやと？」

「すまんがなぞなぞの完成のために死んでもらお」

　並太郎は扇子の骨を手裏剣のようにつぎつぎと投げつけた。影法師がかわすと、骨は壁に突き刺さった。

「おお、怖い怖い。この手でみんなを始末してきたのやな。それだけ罪を重ねてきたのや。私があんたを殺しても、世間のため、ゆうこっちゃ」

「死ね！」

並太郎は先端を研ぎ澄ました扇子の骨を小刀のように構えて影法師に向かって突進した。土間に飛び降りた瞬間、彼はなにかを踏みつけて転倒した。それは火吹き竹だった。

「へっついの陰に隠れてるときに見つけたさかい、ちょうどあんたが踏みつけそうなところに置いといたのや」

並太郎は跳ね起きようとしたが、それより一瞬早く、その左胸に匕首が深々と突き刺さっていた。呻き声を上げる並太郎に、

「申し訳ないなあ。巻き込んでしもてごめんやで。けど、これでエービーシーとイーは揃うた。あとはデーだけやが……」

土間に横たわった並太郎の死体のうえに一枚の紙を置くと、影法師はそっとその家を抜け出した。

幸助が日暮らし長屋に戻ると、ちょうどお福もやってきた。家に入り、まずは水瓶の水で手ぬぐいをしぼり、汗を拭く。お福はついでに、ひしゃくで頭から水を浴びた。

「こうでもせな、とてもやってられん」

幸助も真似をして水をかけたが、一杯では収まらず、ざばざばと何度も何度もかけることになった。そうしておいてから団扇を使うと少しは涼しくなる。

「酒は日が陰ってからにしよう」

「そやな」

ふたりはたがいに今日の成果を教え合った。

「我慢の助三と道宇富士郎か」

「そいつらの居場所がわかれば、待ち伏せしてほんまの下手人を捕らえることができるやろ。そしたらなぞなぞ屋の濡れ衣も晴れる、ゆうわけや」

などと話しているとき、ほんのわずか開いていた戸の隙間（すきま）から、なにかが投げ入れられた。幸助が立ち上がり、それを拾（ひろ）った。小石を紙に包んだものである。開いてみると、

「すけぞうのやさ　あぶらかけちやう　しうきちだな　ながや」

とあった。お福が、

「独楽二郎やな。我慢の助三の住まいがわかった、ゆうことや」

「行くか」

幸助が言うとお福はかぶりを振り、

「いつ下手人がやってくるかわからん。ふたりでずっと張っててもしゃあない。交替で見張る方がええのとちがうか」

「そうしよう。――先にどちらが行く?」

「そやなあ……わたいはどっちかいうたら夜の方がええな」

「俺もだ」

「のほほほほ……暑いさかいな」

図星である。

「では、拳(けん)で決めるか」

虫拳の結果、幸助が先、ということになった。

「二刻(約四時間)したら交替だぞ。忘れるなよ」

「わかっとる。それまでわたいはここで寝てるわ」

そう言うとお福は手枕でごろりと横になった。

「暇人め」

「おまはんに言われとうないわ」

たしかにそのとおりである。この世に幸助ほどの暇人はいない。二度会っただけのなぞなぞ屋を助けるために炎天下を見張りに行こうというのだ。しかし、お福の方も負けてはいないだろう。たいそうな大店の主らしいが、それが昼日中からこんな貧乏長屋でごろ寝をしていてもよいのだろうか。他人ごとながら心配になってくる。店を預かっている番頭たちがよほどしっかりしている、ということなのか……。

外に出ると、途端に汗が噴き出してきた。幸助は油掛町を目指して歩いた。修吉という家主が持っている裏長屋はすぐに見つかった。家主に助三の家を教えてもらうついでに彼の評判をきくと、

「大坂でいちばんのろくでなしだす」

と断言した。家主の眉間には大きな傷があった。

「幡随院長兵衛かなんか知らんけど、男伊達を気取って、なにかあったらすぐに刃物を振り回しよる。家賃を取り立てにいくと、この長屋は自分が守っとるのや、用心棒代をよこせ、ゆうて逆に金をふんだくる。断ったら匕首抜いて暴れる。わしのこの額の傷も、あいつにやられましたのや。狂犬みたいなやつで、だれにでも嚙みつく。この界隈の店はどこも迷惑しとると思います。飲み食いしたり、ものを買うたりした

代金を払うたことがいっぺんもないのや。女子(おなご)どもも怖がってしもて昼間から家に閉じこもって心張棒(しんばりぼう)かましとるし、犬や猫も蹴飛ばされるさかい、おびえて近寄らん。まあ、毒虫みたいなもんだ。あまりに無茶がすぎるさかい、思い余ってお上に申し上げたら、あとで『告げ口しよったな！』ゆうてさんざんどつかれました。仕事？　さあ……なんにもしとらんのとちがいますか。たまに金回りのええときは、仕出し屋からぜいたくな料理を取り寄せて飲んでることもあるみたいやけど……」

閻魔の力丸や比丘尼のお竹と同じような性質(たち)のワルらしい。教えてもらった家に向かって一歩踏み出そうとしたとき、だれかが前方から歩いてくることに気づき幸助は井戸屋形の陰に隠れた。ひとりの男が前後を気にしながらやってくる。それが「我慢の助三」であることはすぐにわかった。なぜなら、この暑さにもかかわらず、着物のうえにどてらを着込んでいるからだ。全身から汗を滝のように流しながら助三は家のまえに立ち、戸を細(ほそ)めに開けると、

「おい……だれもおらんやろな。隠れてるのやったら出てきた方がええで。こっちは匕首持っとるのや。ずぶりといくで。――だれも……おらんみたいやな」

そう声をかけながらそろそろとなかに入った。幸助は井戸屋形の陰から出ると、腕組みをしてその家を見張ったが、助三が出てくる気配はまるでなかった。

（俺はなにをしているのだ……）

一刻ほどそこに立っていると、頭がくらくらしてきた。

（くそっ……助三め！）

幸助が、筋違いの腹立ちを心のなかでぶつけていると、

「先生！」

だれかが声をかけた。幸助がそちらを見ると、なんと生五郎ではないか。

「よくここがわかったな」

「へえ、お福の旦さんに聞きましたんや」

「しっ。大声を出すな。なかの男に感づかれる」

「なぞなぞ屋を助けるためにしてはりますのやろ。それやったらもう大丈夫」

「大丈夫……？　どういうことだ」

生五郎は手招きをして幸助を長屋の木戸の外へ連れ出した。

「あのなぞなぞ屋はお解き放ちになりましたで」

「な、なに？」

「また殺しがありましたんや。つい半刻ほどまえのことだす。場所は老松町（おいまつちょう）で、殺されたのは並太郎という殺し屋でおます」

「殺し屋とはまた物騒だな」

「へえ……表稼業は扇子作りの職人やけど、裏へ回ったらひとりなんぼでひと殺しを請け負う、いわゆる『刺客(しかく)』というやつで……。お奉行所が洗ったらなんぼでも罪が露(あら)わになりまっしゃろ」

「また判じものがあったのか」

「おました。わてが写し取ってきたのがこれだす」

生五郎は一枚の絵を幸助に見せた。大きな鈴に目がふたつついており、その目から涙がこぼれている。

「鈴が泣く……わかった、鈴虫だろう」

「ちがいます。——お福の旦さんはすぐに当てはりましたで」

「降参する。答はなんだ」

「先生は降参が早いわ。もうちょっと考えなはれ」

「どうせ考えてもわからん」

「鈴に目がついてるさかい『鈴目』、それが泣いてるから『鈴目の涙』……雀(すずめ)の涙ですわ」

「なるほど」

「で、殺されたやつのふたつ名が『すずめの並太郎』でおます。扇子の骨が竹やさかい、『竹に雀』ゆうことだっしゃろな」

「しかし、お福から聞いた残りのふたりには、そんな名前のやつは入っていなかったぞ。――署名はあったのか」

「へえ、今度はちゃんと確かめました。裏に『天下一』と書いてありましたわ」

「ならば『天下一』が江雷蔵とは別人であると証が立ったわけだが、ということは、真の下手人はまだうろついているのだな」

「まあ、よろしいがな。これで江雷蔵はお解き放ちになったのやさかい。――さあさあ、早う家に戻って挿し絵描いとくなはれ。瓦版は鮮度が命。一刻を争いまんのや。走りまひょか！」

「勘弁してくれ」

　よたよたと走りながら幸助は、どこか釈然としないものを感じていた。

◇

「これを見よ！」

河骨鷹之進は、古畑良次郎のまえに瓦版を叩きつけた。

「西町奉行所またしても大しくじりの巻。見事下手人を召し捕ったかと思いきや、三人目が殺された。ああ、ひと違い。奉行所を嘲笑(あざわら)う判じもの。その答は『雀の涙』そして殺されたのは『すずめの並太郎』。これからも四人目、五人目と犠牲が出るのか。町奉行所がこんなありさまでは大坂のものは枕を高くして眠れぬ眠れぬ……と書かれておる。この瓦版がお頭の目に入ったら、おまえだけではない。わしまでクビになる！　この始末、どうつけるつもりだ！」

「ははっ……早速その瓦版屋を取り締まりまして……」

「たわけっ！　そんなことをせよと申しておるのではない！　おまえがすべきはまことの下手人をただちに召し捕ることだ。それ以外に此度(こたび)の失態の汚名を返上するすべはないと知れ！」

「ははっ……ははっ……ははっ……」

「もうよい。とっとと行け。顔も見とうない」

「ははっ……ははっ……ははっ……ははっ……」

古畑はからくり人形のようにカタカタと頭を下げ続けた。

◇

「いやあ、よろしゅおましたなあ。三人目は『すずめの並太郎』ゆうやつやったらしい」

「聞いたことのない名だな」

「わても知りまへんが、それもそのはず、盗人やのうて殺し屋やったそうだすわ」

「ということは、力丸とお竹が相次いで殺されたのはたまたまということで、我らに恨みのあるものの仕業ではなかったのだな」

「たぶん、札付きの悪党を消してまわろうとしとるやつがおるんやないかと思います」

「なんのために?」

「そらまあ……大坂を清く正しい場所にしたいからとちがいますか」

「いらざるおせっかいだな」

「わてもそう思います。もし会うことがあったらどついたる」

「拙者なら、力丸とお竹の仇(かたき)だ、この刀の錆(さび)にしてくれる」

「ちょ、ちょっと、部屋のなかで抜いたら危ないがな」

「ほんの冗談だ」

「ほんまにこのお方は酔うとすぐに刀を……」

「なにか申したか」

「いいえ、なにも。――けど、これでほんまに安堵しました」

「そうだな。祝い酒といくか」

「さっきからもう飲んでますがな」

「おおきに……なんとお礼を言うてええやら……」

酒樽を持って幸助の家にやってきた「天下一のなぞなぞ屋」こと問多羅江雷蔵はそう言って幸助を三拝九拝した。幸助は鬢を掻き、

「そう言われても、俺は見当違いの男の家を見張っていただけだ」

お福が、

「わたいにいたっては、マジでなんにもせんとここにいただけや」

「いえいえ、おふたりがわてを救い出すためにいろいろ骨を折ってくれた、というのは瓦版屋の生五郎さんから聞いとります。あの瓦版のおかげでお解き放ちになったようなもんだ。——これ、飲んどくなはれ」

「すまんな。酒はいくらあっても邪魔にならぬ。ありがたくいただいておくぞ。しかし、ひどい目に遭うたな」

「へえ……殺されるかと思いました。肩と背中が腫れ上がってしもて、ずきずきして眠れまへんのや。あの同心、今度会うたらしばいたる」

お福が、

「会所の仮牢でよかったわ。わたいは訳あって天満の牢に入ったことあるのや。命が無事でよかったわ」

「えっ、旦さんが天満の牢に……？」

「あんさんと同じ無実の罪やった。せやさかい他人ごととは思えんのや」

三人は江雷蔵の持参した酒を飲んだ。

「いい酒だ。高くついただろう」

「なんのなんの。さあ、どんどん飲んどくなはれ。わてもいただきまっさ」

江雷蔵ははじめてホッとしたような顔になった。幸助が、

「ところで、おまえの疑いが晴れた、ということは、三人を殺した下手人はまだ大手を振っているわけだ。そいつの目的がわからぬ以上、四人目、五人目の犠牲が出るかもしれぬ。判じものを置いていくやつについて心当たりはないか」

「こないだも申しましたけど、思い当たりまへんのや」

　お福が、

「あんさんも『天下一のなぞなぞ屋』を名乗っとる身や。おんなじように『天下一』と署名するなぞなぞものやで」

　江雷蔵は目を閉じてじっと考え込んでいたが、

「わかりました。大恩（だいおん）あるおふたかたには隠し立てはでけまへん。たしかにわては『天下二』となぞなぞに署名する男を知っとりました。ただ……わての知ってるそいつは、もうだいぶまえに死んどりますから、今度の件の下手人ゆうことはありまへん」

　幸助とお福はうなずいた。

「以前にもお話ししたと思いますが、わての師匠、解蹴訳内（とけるわけない）先生のところでわての兄弟子やった御仁に、市田屋という大きな呉服問屋のご主人で伊一（いいち）さんというお方がいてはりました。このひとのなぞなぞに打ち込む気持ちの強さはわて以上でなあ、寝ても覚めても新しいなぞなぞを考えてはりましたわ。二段謎、三段謎、判じもの、文字謎、字せんぼう……なんでも来いでおました。なかでも得意やったのが判じものでなあ、わてもいろいろ教えてもらいました」

幸助が、

「その市田屋伊一というひとが……」

江雷蔵はうなずいて、

「『天下一』という名前を使うてはりましたのや」

そう言うと、その場にあった紙に筆で「天下一」と書いた。

「『天下一』は『天の下に一』と読めますやろ。縦に書くと『天一』……これをバラすと『一大一』になります」

「ははあ……なるほど、そういうことか！」

お福が感心したように言った。江雷蔵が喜んで、

「おわかりですか。さすがやなあ」

幸助は憮然(ぶぜん)として、

「俺はさっぱりわからん。説明してくれ」

お福が、

「『一大一』は『いちだいいち』と読めるやろ。つまり、『いちだ・いいち』……市田屋伊一ゆうことや」

幸助が、

「その男はなにゆえ死んだのだ？」

「それが……」

江雷蔵が言いにくそうに話し始めた。

「市田屋伊一さんはなぞなぞを世に広めるために商売そっちのけであちこちで『なぞなぞ講』ゆうのを作りましてな……」

「なに？」

幸助が聞きとがめたので江雷蔵はびくっとして、

「なにか変なこと申し上げましたか」

「い、いや、なんでもない。で、そのなぞなぞ講がどうした」

「素人の物好きを集めて、なぞなぞの作り方、解き方などを教えとりましたのや。ところがあるとき……」

京都でのなぞなぞ講を終えて一泊し、翌朝、三十石の朝船で店に帰ると、母屋(おもや)が火事になっていた。あわててなかに入ろうとしたが、奉公人たちに止められた。もう手の施しようがない、というのだ。

「けど、なかには家内と子どもらが……」

「すんまへん、旦さん、あきらめとくなはれ。旦さんのお命も危のうおまっせ！」

「うるさい、放せ！」

涙ながらに止める奉公人の手を振り払って、火のなかに飛び込もうとした伊一の目のまえで母屋が崩れ落ちた……。

「結局、市田屋は母屋や店だけでなく、五つの蔵や離れも含めてまる焼けになりました。むごいことに御寮人、息子さんとふたりの娘さん、あと奉公人も五人ほど焼け死にました。近所の家も何軒か焼けまして、伊一さんは失火の罪で十日間の押込（謹慎）になりました……」

失火についてのお咎めはさほど重くはない。ただ、放火となると話は別で、放火犯は火あぶりに処されるのが通例である。

「失火ならばしかたがないことだ」

幸助は言った。

「なにもかも失った伊一さんは、押込から出てきたあと、遠い親戚を頼って淡輪あたりで漁師をしていたらしいのやが、ある晩、ひとりで勝手に船を出して、そのまま行方知れずになったそうだす。書き置きみたいなもんが残ってて、そこには『家内と子どもたちのところへ参ります。南無阿弥陀仏』と書かれてたらしい。その日はえらい海が荒れとって、とても探しに出られん。何日かして、バラバラになった船の残骸がかなり沖合を漂ってるのが見つかったそうでおます……」

当時の町奉行所の出した結論は、覚悟のうえ、海に飛び込んだ、というものだった。

幸助とお福はうつむいたままその話を聞いていたが、お福がぼそりと、

「そのお方の気持ちはわかる。おのれが付け火したわけやないけど、嫁はんと子ども、我が子同然の奉公人たちが焼け死んだのは、なぞなぞにかまけて留守にしてた自分の責任やと思うたのやろな」

「ところが……妙なことがおましたのや。生き残った奉公人のひとりが、町奉行所の検分に立ち会うたのやが、蔵の焼け跡を見て、これはおかしい、と言い出しましてな」

「なにがおかしいのや」

「へえ……蔵にはどれもこれも高価な反物がぎっしり入っていたはずやのに、それが見当たらん、と。その奉公人は、まえの晩にどこかに運び出されたのやないか、と言うとりました」

「まる焼けやさかい灰になってしもたのとちがうか」

「ところが、その灰もなかったらしい」

「ふーむ……だれぞがこっそり反物をよそに移して、そのあとで火を付けた……その奉公人はそう言いたかったのやろか」

「けど、なんの証拠もない、ゆうことでお上はお取り上げにはなりまへんでした。なくなったという反物もどこからも見つからず、そのままうやむやになったんだす」

幸助が、

「俺がさっきなぞなぞ講と聞いたときに思い浮かべたのは、閻魔の力丸という盗人の長屋でなぞなぞ講が開かれていた、と聞いたからだ。比丘尼のお竹もその一員だった」

「えーっ、殺されたふたりやおまへんか！」

「そういうことだ。あとは道宇富十郎という浪人と我慢の助三という侠客だ。すずめの並太郎は加わっていなかったようだが……その講の世話人が市田屋伊一だったのではないか、と思うたのだがどうだ」

「さあ……あちこちで講を作ってたみたいやさかい、ひとつひとつのことまではわてもよう知りまへん。けど……うーん……えーと……」

江雷蔵はなにかを思い出そうとしているようだった。お福が、

「なんやねんな。早う思い出さんかいな」

江雷蔵は湯呑みの酒を飲み干すと、またしばらく考え込んだ。そして、

「そや！　伊一さんが盗人避(よ)けの用心棒に雇(やと)てた浪人が、たしか道宇ゆう苗字でした。変わった苗字やなあ、と思て覚えてましたのや。火事のあとどこに行ったかは知らんけど……」

幸助とお福は顔を見合わせた。幸助が、

「やはり閻魔の力丸と比丘尼のお竹が殺されたのはなぞなぞ講と関わりがあったのだ。だが、そうなるとすずめの並太郎というやつはなんで殺されたのだろう……」

お福が、

「我慢の助三と道宇富十郎の見張りも再開した方がええな。どっちがつぎに狙われるのか……」

「道宇の居場所がわからぬゆえ、助三を見張るしかないが……それよりも俺がひっかかるのは、市田屋伊一が残したという書き置きだ」

江雷蔵が、

「なにか不審でも……？」

「そこまでなぞなぞにこだわっていた人物ならば、書き置きも判じものやなぞなぞ仕立てにするのではないか、と思うてな」

「なーるほど。そうだすなあ、わてやったらそうしますわ。なんで伊一さんはあたりまえの遺書にしたのやろ」

お福が、

「もう死ぬ、ゆうときにそんな心のゆとりがなかったのとちがうか」

江雷蔵はかぶりを振り、

「わてもそうだすけど、あのお方のなぞなぞへの執着は並やおまへん。たとえどんなときでも、崖から落ちかかってるときでもなぞなぞを作るやろと思います」

幸助が、

「ということは……その書き置きは偽もので、伊一ははめられて殺されたのかもしれぬ……」

お福が、

「そうなると、ますますだれが伊一の恨みを晴らそうとしてるのかが気になるなあ。伊一が死んだことはまちがいないのか？」

「へえ、人別からも抜けとりますし、墓もおまっせ」

「うーん……」

しかし、その謎はなぞなぞのようには解けなかった。

「お福の旦那さん、すんまへん！　今夜は貸し切りでおまして……」

新町にある茶屋「吉田屋（よしだや）」の若いものはへこへこと頭を下げた。

「この大店を貸し切るとはたいしたもんやな。どちらさんかいな」

「恵比寿堂の飯兵衛（はんべえ）旦那でおます」

「また恵比寿堂さんかいな。ようかち合うなあ」

「ほかでもこんなことがおましたんか」

「こないだ曽根崎でな……。せやから今日は河岸（かし）を変えて新町に来たのやが、またや。ついてないわあ」

「座敷はぎょうさん空（あ）いてますさかい、うちとしてはほかのお客さんも登楼（あ）がっていただきたいんだすけど、恵比寿堂の旦さんは貸し切りでないと遊ばんとおっしゃるもんだすよって……」

「まあ、それはひとそれぞれの遊び方があるさかいかまへんけどな……。つかぬことをたずねるが、恵比寿堂ゆう古手屋さん、昔は聞いたことなかったけど、どういうお方かいな」

「わてもようは存じまへんけど、以前は担いの古手屋をしてはりましたのやが、七、八年ほどまえに急にどこからかかなりの元手を調達しはったみたいで、店を構えて、それをどんどん大きゅうしはりました。たいしたもんだすわ。『今紀文』とか渾名されてはるお大尽だす」

「そら、わたいもあやかりたいもんや。――また、よせてもらうわ」

「これに懲りてお見限りにならんようお願いいたします」

「のほほほほ……そんなこと心配いらん」

お福はにっこり笑うと吉田屋を離れた。二階からはにぎやかな三味線、太鼓、嬌声などが聞こえてくる。

（しゃあない。ミナミでも行こか……）

しかし、思い直して、

（貧乏神のところに行こ。あそこで飲むのがいちばん気楽でええわ……）

近頃はなにかにつけて日暮らし長屋に足が向いてしまう。幸助がいつも歓迎してくれるので、ついつい甘えてしまうのだ。

（どこぞで酒を買うていこ……）

まだ夕刻なので、開いている酒屋もあるはずだ。お福はふらふらと北に向かって歩き出したが、ふと思いついて、

（そや……その恵比寿堂、店構えだけでもいっぺん見たろ）

恵比寿堂は坐摩の前にあると聞いた。福島羅漢まえに行くには道筋である。お福が坐摩神社のあたりにやってくると、恵比寿堂はすぐに見つかった。お福が思っていたよりも大きな店で、古手屋にしてはかなりの規模だ。暮れ六つを過ぎているのにまだ店のまえでは大勢の丁稚が手代の指図を受けながら、べカ車に荷物を積み込んでいた。

「さあさあ、早うせんと日が暮れてしまうで。大事の積み荷が遅れたら旦さんに大目玉や。早う早う……！　早うせな、江戸への船に間に合わんやないか！　こらあ、長松、急がんかい！」

手代が声を嗄らしている。丁稚たちも必死に働いている。活気がある、というより、なにかおびえているような雰囲気だ。

（よほど番頭か主が厳しいのやな……）

そう思いながらぼんやりと見ていると、あまりに急かされたからか一台のべカ車が

もう一台と衝突し、ひっくり返った。積まれていた長持ちが転げ落ち、なかから反物が散乱した。

「なにをしとるんや！　早う戻せ！」

「へえっ」

手代の叱咤に丁稚たちがあわてて反物を長持ちに入れようとしたとき、

「おかしい！　これは変や！」

たまたま通りかかったらしいべつの丁稚が叫んだ。その丁稚の前垂れは恵比寿堂のものとはちがい「大和屋」と書かれていた。

「こ、こ、これ、うちの品もんだす。間違いない。こないだ盗まれた反物やがな！」

恵比寿堂の丁稚たちが集まってきて、

「なんや、おまえ！」

「うちの荷が盗品や、抜かすんかい」

「妙な言いがかりつけたらただではすまんで」

「け、けど、ほんまにこれうちの……見とくなはれ、ここに店の名が入っとります！」

そう叫んだ大和屋の丁稚を恵比寿堂の丁稚が取り囲み、かわるがわる殴りつけはじめた。大和屋の丁稚はしゃがみ込んで泣き出した。

（あかん……！）

お福は割って入ると、大和屋の丁稚をかばうようにして、

「こらっ！　大勢でひとりに乱暴するのは卑怯（ひきょう）やないか！」

丁稚たちは、顔を白く塗った男の闖入（ちんにゅう）にぎょっとしたようで、

「お、おい、早うせな番頭さんに叱られるで」

「去（い）の去の」

そう言い合うと、べカ車を押して浜の方に降りていった。

お福は大和屋の丁稚を立たせると、着物についた泥をはたいてやった。丁稚はぺこりと頭を下げると、

「大丈夫か」

「お助けいただきありがとさんでございます」

そう言って目の涙をぬぐった。

「おまはん……今言うてたこと、ほんまか？　その、さっきの荷がおまはんとこの店から盗（と）られたもんや、ゆうの……」

「嘘は申しまへん。あれはたしかにうちの品だす。なんで恵比寿堂さんが……」

「大和屋さんは盗人に入られたんか？」

「へえ……つい先日のことでおます。一番蔵に入れてあった高い反物を全部盗まれました。わてらも迂闊なこって、朝になるまで気ぃつきまへんでした。あんなもん盗ったかて、質屋さんにも呉服屋さん、小間物屋さんにも反物問屋仲間の回状が回ってて、持ち込んだらすぐにバレるはずだすのや。けど……盗人に斬られて怪我した番頭さんが言うてはりました。『大坂では処分でけへんやろけど、よそに持っていかれたらおしまいや』て」

お福は、さっきの丁稚たちが「江戸への船」に積み込む、と言っていたのを思い出した。

◇

その夜、道宇富十郎はおのれの家でどぶろくをあおりつけていた。もちろん独酌である。そのどぶろくも、近くの酒屋を刀で脅して手に入れたものだ。がぶり、がぶりと飲みながら、次第に道宇の目が据わっていった。

（金がない。からっけつだ。これでは飲みにも行けぬ。博打もできぬ……）

がぶり、がぶり。

（大和屋に押し入って以来、親方からはなにも言うてこぬ。しばらくこれでほとぼりを冷ませ、と五両もろうたが、あんなものはその日のうちに使うてしまった。そろそろ小遣いをせびりにいくか……）

がぶがぶがぶ……。

（そもそも親方は、力丸とお竹が殺されたことを知っておるのか。つぎの仕事をするならば、ふたりの代わりを探さねばならぬ。あやつ、毎晩のように色里で豪遊しておると聞くが、あの店が繁昌しておるのは我らのおかげだ。親方はそれをわかっておるのか……）

道宇は突然、よろよろと立ち上がると、刀を抜いて、目のまえの水瓶に斬りつけた。泥酔していても身体が覚えている。手練の技で、水瓶は真っ二つになった。大量の水が土間に撒き散らされた。

「ふふ……ふふふ……ふははは……」

なにがおかしいのか、道宇は笑い出した。

「よし、今から親方が遊んでいる店に行って、小遣いをもらうとしよう。十両、いや、二十両は欲しい。拙者はそれぐらいの働きをしておる。四の五の抜かしたらこの水瓶と同様にしてくれる。ふっふふふ……ふははは……」

ひたすら笑っていたが、それに合するように暗がりから、

「ははは……はははは……」

別人の笑い声が聞こえてきた。ぎょっとした道宇は刀を構え、

「だ、だれだ……！」

「なぞなぞなあに、なぞなあに……なぞなぞなあに、なぞなあに」

道宇は声の聞こえてきた方向に目を凝らし、

「なにものだ……」

そこには頬かむりで顔を隠した男が立っていた。

「地獄から舞い戻ってきたなぞなぞ男や」

「やはり生きておったか。フカの餌になったと思うていたが……」

「フカの餌とかけてなんと解く」

「な、なに……？」

「フカの餌とかけてなんと解く」

「貴様は頭がおかしい。こんなときに謎かけなんぞ……」

「早う言え。フカの餌とかけてなんと解く」

「あげましょう……」

「これを、もらうと、イワシやアジでは物足りん、と解く」

「そ、その心は……」

「やっぱり『ひとがええわ』……。ははは……おまえはおひとよしやなあ。私が死んだと思て安心してたやろけど、私はそのあいだずーっと、復讐の刃を研いでたのや。ようやく大坂に戻ってこれて、力丸とお竹は殺した。つぎはおまえの番や」

「すずめの並太郎とかいうやつを殺ったのは貴様ではないのか」

「ああ、私や」

「そやつは拙者たちの仲間ではないぞ」

「わかっとる。けど、『順番』というものがあるから仕方なかったのや」

「順番、だと……？」

「なぞなぞの順番や。エービーのつぎはシーが来なあかんさかいな」

「な、なんのことだ……」

「メリケン国の『いろは』や。――どうせ、並太郎はなんにんものひとを手に掛けたひと殺し。この世から消えてもろてもかまわんやろ、と思うてな」

「やはり貴様は頭がおかしい。たとえそやつが重罪人でも、なぞなぞの順番ごときのために関わりのないものの命を奪うとは……」

「なんとでも言え。今の私にとってはなぞなぞがすべてや」

なぞなぞ男は匕首を抜いた。

「くそっ、もう一度地獄に送り返してやる」

道宇富十郎は刀を振りかぶったが、

「でえいっ」

斬りつけると見せかけて、行灯を吹き消した。あたりは闇となった。つづいてバキバキ……という音が響き、道に面した壁に大穴が開いた。道宇はその穴めがけて体当たりをし、表に飛び出していった。

「壁を斬り開いて逃げよったな。まあ、ええわ。どこに行くか、だいたい見当がつく」

そう言うと道宇の開けた穴から外に出た。

◇

「だれやだれや、表の戸ばんばん叩くやつは。大戸が壊れるやないか。――長松、だれか知らんけど、今日はもう店閉めた、古手やったら明日の朝にせえ、て言うてこい」

「へーい」

丁稚が戸に走り寄って、

「すんまへーん、だれか知らんけど、今日はもう店閉めた、古手やったら明日の朝にせえ、このあほんだら！　番頭さん、言うてきました」

「アホ！　わしが言うたまま言うやつがあるか。もっとていねいな言い方せんかい」

「開けろ！　早く開けろ！　拙者だ、道宇富十郎だ。主はおるか！」

番頭は顔をしかめ、

「道宇さんやがな。また酔うて、金せびりに来よったな。しゃあない、わしが追い返すわ。——道宇さん、旦さんは今夜、新町のお茶屋で商いの寄り合いがある、いうて出かけてはります。帰りはよほど遅うなるみたいやさかい、明日また出直してもらえますか。すんまへんなあ」

「開けろ！　開けぬか！　一大事なのだ！　どうしても主に言わねばならぬことがある！　ここを開けろ！」

「うるさいなあ……。道宇さん、近所迷惑だすさかい静かにしてもらえまへんか」

「開けろ開けろ開けろ開けろ開けろ！」

「酔っ払いはかなわんな。――道宇さん、お役人呼びまっせ。これはマジだっせ」

「今夜は金をせびりに来たのではないのだ！　主を出せ！　力丸とお竹も殺された。殺ったのはあいつだった。あいつは……生きていたのだ！」

そのとき、夜回りの番人が拍子木を打ちながら近づいてきた。道宇は蒼白になり、その場を離れた。

（助三のところに行くか……。いや、つぎは拙者だと言うておった。ならば、飯兵衛に知らせて、助っ人を集めねば……）

道宇は、新町に向かった。提灯を持っていないので、か細い月明かりだけが頼りである。瀬戸物町から西横堀に架かる幸橋を渡り、立売堀を渡ればその先が新町である。このあたりは古くなった船を解体して古材として売るものが多く、昼間は市も立つが、夜ともなるとひと通りが絶え、材木が月光を浴びてぬらぬらと輝いている横を道宇は通り過ぎる。遠くに新町の明かりが見えてきた。道宇がホッとして足を速めたとき、

「なぞなぞなあに、なぞなぞなあに……」

声は立てかけた古材の陰から聞こえてきた。道宇は刀を抜き払い、

「追ってきたか。ここで返り討ちにしてやる。覚悟しろ！」

そう叫んで一歩踏み出したが、突然、材木が崩れてきた。悲鳴を上げ、後ろに退き ながら刀をめちゃくちゃに振り回して防ごうとしたが、古材は道宇の頭や肩、胸など にぶつかった。転倒した道宇が必死に起き上がろうとしたとき、

「死ね」

横合いから飛び出してきた頰かむりをした男の匕首が道宇の背中に突き立った。道宇はよろよろと逃げようとしたが、なぞなぞ男は追いすがり、とどめを刺そうとした。そのまえに立ち塞がった人物がいた。

「だれや、おまえは」

「通りすがりの福の神や」

「私はそいつに用があるのや。関わりないやつはどいてもらおか。怪我するで」

「これ以上あんさんに罪を重ねさせるわけにはいかん。お上の手にゆだねるのや」

「おまえになにがわかる。私はこの地に舞い戻ってこれたとき、この手で恨みを晴らすと誓ったのや。エービーシーと来たら、つぎはデーでないとあかん」

「なんのこっちゃ」

「なんでもええ。こっちのことや。——さあ、そこをどけ」

お福は動こうとせず、

「なぞなぞなあに、なぞなぞなあに……」

「な、なんやと？」

「わたいもなぞなぞが好きでなあ。どや、一丁やってみるか」

男はちらちらと道宇の方を見ながら、

「そやな。ほな、『新町とかけて』……とはどないや」

お福はうなずき、

「新町か。ええ題や。わたいなら、『長い刀で地面をうがつ』と解くな」

「ほう、その心は？」

「長い太刀で掘りに掘り、とはどうや」

「ははは……上手い上手い。新町は長堀と立売堀に挟まれとる。長・立売で掘りに掘り、か。なかなかやるな。今度はこっちの番やで。わても『新町とかけて』や」

「あげまひょ」

「新町とかけて……大川（淀川）の土手を歩く赤牛と解く」

「その心は？」

「『淀・牛・赤い』やないかいな」

「のほほほほ……あんさんもさすがやな。新町は不夜城。夜通し明い、というわけや」

ふたりは笑い合った。なぞなぞ男が、

「因果な性分でな、こんなときでもなぞなぞとなりゃ解かなおさまらん。けど、あんたも同類と見た。私も、あんなことさえなけりゃ、あんたとべつの形で知り合うて、仲良うなぞなぞを出し合ってられたかもしれんなあ……」

嘆息混じりにそう言った。お福は、

「あんた、もしかしたら市田屋伊一さんとちがうか」

男はハッとした様子だったが、すぐにかぶりを振って、

「市田屋伊一いう男はもう死んだ。私はこの世のものやない。幽霊や」

そのとき、今まで倒れていた道宇が起き上がり、新町目掛けて走り出した。なぞなぞ男は、

「あ、しもた……！」

そう叫ぶとお福を突き飛ばし、道宇のあとを追って駆け去った。

◇

新町は騒然となった。血だらけの浪人が刀を引っさげて飛び込んできたのだから当然である。道宇は大量の出血でふらふらになりながら本通りを歩いた。一軒の茶屋の二階から、

「恵比寿堂の旦さん、渋いお声やこと」

「ほんま、ほれぼれしますわ」

「はっはっはっ……べんちゃらを言うてもポチ（祝儀）は増やさんぞ」

そんな会話が聞こえてきた。道宇はその店「吉田屋」の暖簾をくぐった。応対に出ようとした若いものが血まみれの道宇を見て悲鳴を上げた。

「恵比寿堂飯兵衛が……来ておるはずだ……ここへ……呼んでこい」

道宇は息も絶え絶えに言った。

「そ、そんなことでけまへん……」

「呼ばぬと申すなら……こうしてやる！」

道宇は刀を振りかざし、若いものに斬りつけた。

「ひえーっ！」

若いものはどたどたと階段を上っていった。まもなく血相を変えた恵比寿堂飯兵衛が下りてきた。道宇は、

「親方……助けてくれ……」

「何があったのや。だれにやられた」

「なぞなぞ……の……宗匠……」

そこまで言って、道宇はうつぶせに倒れた。すでに息が絶えていた。恵比寿堂は道宇の背中を見てハッとした。深々と刺さった匕首に、細長く折った紙が結び付けられていた。外して広げてみると、そこには剣術で使う「胴」をつけた歌舞伎の大部屋役者らしい男が茣蓙（ござ）のうえでとんぼを切っている絵が描かれていた。

「なんじゃ、これ」

しばらくその絵を見つめていた恵比寿堂は、なにかに気づいたらしく、ガタガタと震え出した。

「こ、これは……」

絵をひっくりかえすと、「天下一」の文字があった。恵比寿堂は汚（けが）らわしそうにその絵を死体のうえに放り投げると、

「あいつや……あの男や……けど、あいつは死んだはず……」

恵比寿堂は店を出ていこうとした。若いものが、

「旦さん、どちらへ」

「帰る」

「今、お役人を呼んでますさかい、しばらくお待ちを……」

「いや……帰る」

恵比寿堂は押しとどめる若いものを振り切って走り出した。

「葛鯤堂の先生、いたはりまっか！」

ごろ寝をしていた幸助が上体を起こし、

「生五郎か。近頃おまえはろくな報せをもたらさぬが……まさか、また判じものか」

「そのまさかだす。新町のお茶屋で浪人がひとり死にました。背中に匕首が刺さって、そこに判じものが結んでありましたのや」

「いつのことだ」

「ほんの今しがただす」

「相変わらずの早耳だな。しかし、新町で殺しとは、派手なことをしでかしたものだ。下手人を見かけたものも多かろう」

「そやおまへんのや。刺されたのは解船町（ときふねちょう）のあたりで、浪人は半死半生でそこから新町に逃げ込んで、お茶屋の玄関で息絶えた……というわけだす」

「ははは……まるで見ていたような口ぶりではないか」

幸助が言うと、

「わたいが見てたのや」

入ってきたのはお福だった。生五郎は頭を搔き、

「事件のこと、お福の旦さんに教えてもろたさかいすぐに新町に飛んでいけたんだす」

お福は、今夜の一部始終を幸助に語り始めた。

「盗人に入られた大和屋の丁稚の話を聞いて、恵比寿堂に探りを入れようと、坐摩の前からまた新町に引き返したのや。その途中で、浪人が刺されるのを見かけて、止めに入ったら……」

「相手がなぞなぞ男だった、というわけか」

「あいつ、筋金入りのなぞなぞ阿呆（あほう）や。ひとを刺しておきながら、わたいとなぞなぞ合戦（かっせん）を始めよった」

浪人と、そのあとを追ったなぞなぞ男が新町の方に向かったように思えたので、お

福もそちらに足を向けた。案の定、浪人は恵比寿堂が散財していた吉田屋に入り、そこで死んだ。なぞなぞ男は、どこからかそれを見届けていたのだろう、姿を現さなかったという。

「わては、吉田屋の若いもんとは顔なじみやさかい、小遣いをやって生五郎さんのところに知らせに行ってもらい、そのあとお役人のお調べの様子を陰から見せてもろてた。判じものを見た恵比寿堂飯兵衛は血相を変えて店から出ていったらしい。たぶん途中で町駕籠でも拾たのやろ」

早速紙を広げ絵を描き出した幸助に生五郎が、

「その判じもんゆうのはこんなんでおました」

そう言って、自分が模写した判じものの絵を見せた。

「莫蓙のうえでとんぼを切っている、胴をつけた役者、か……。お福、答はなんだ。おまえはもうわかっておるのだろう」

「わかってるけど……ちょっとはおのれの頭で考えんかいな」

「俺は絵を描くのに忙しいのだ。うーむ……やくしゃとんぼどう……やっぱりわからぬ」

「情けないなあ。——胴をつけてとんぼり返りしてるやろ。胴・とんぼり・莫蓙……

道頓堀五蓙というこっちゃ」

「あ……なんだ。――そうではないかと思っていた」

「負け惜しみを言うな」

「しかし、この答はなにを表しておるのだ」

生五郎が、

「お役人にきいたら、殺された浪人は道宇富十郎ゆう名前やったそうだす」

「どうとん……どううとみ……か。いささか苦しいな」

お福も、

「作ったやつも、今度のは上出来とは言えん、と思とるやろな。それやのに、そんなネタを使うたということは、どうしてもそうせなあかん理由があったはずや」

「残るは我慢の助三ただひとりだ。つぎの標的は今度こそ助三だろう」

茶屋での惨劇をみるみるうちに描き上げた幸助がそう言うとお福が、

「そやろなあ。また張り込みせなあかん」

生五郎が、

「わても瓦版刷り上げたらお手伝いしまっさ。――けど、そのなぞなぞ男、ほんまに市田屋伊一ゆうおひとだすやろか」

お福が、

「わたいが『市田屋伊一さんとちがうか？』てきいたら、『市田屋伊一はもう死んだ。わてはこの世のものやない。幽霊や』て言うとったわ」

「九死に一生を得たのかもしれぬな。――生五郎、なぞなぞ男の正体に関することは瓦版では伏せておいてくれぬか」

「そうだすか？　惜しいなあ。じつは死んだはずの呉服問屋市田屋の主伊一かも……とか書いたら売れるのに……」

「小出しにせず、なにもかも明らかになったときに、ドーン！　と事件の真相を発表した方が話題になるぞ」

生五郎はできあがった絵を大事そうに押しいただくとふところにしまい、

「まあ、ここは先生の顔を立てときますわ。ほな、おおきに。いつも無理言うてすんまへん」

そう言って帰っていった。あとに残って幸助と酒を飲んでいたお福が、湯呑みを口に運ぶ手を止め、

「そう言うたら、あいつ、妙なこと言うとったな。『エービーシーと来たら、つぎはデーでないとあかん』とか……」

「エービーシーデー？　なにかの呪文か？」

「さあ……けど、どこかで聞いたことがあるような……」

「なに？」

「ないような……」

「どっちだ」

お福は目をつぶると、腕組みをして考え始めた。幸助は酒をゆっくり飲みながらなにも話しかけず見守っていたが、あまりにも長いので、

「おい……思い出したか」

返事はない。返事のかわりに、すーすーという寝息が聞こえてきた。

◇

恵比寿堂の戸を激しく叩く音に番頭の喜平は舌打ちをして、

「また道宇かいな。あのおっさん、ほんまにかなわんで。例の仕事頼んでなかったら叩き出すところや。――しゃあないな、なんぼか銭渡して追い払うしかないか」

「なにをしとる。早う開けんかいな！　わしや、わしや！」

「あっ、こらいかん。旦さんや」

喜平はあわてててみずから店に降り、くぐり戸の錠を外した。飯兵衛が汗だくで入ってくると、だれかつけてきていないかというように背後を何度も見た。そして、みずからくぐり戸を閉めた。

「お早いお帰りで……。今、おすすぎ持ってこさせますさかい……」

「そんなもんいらん」

「お供の丁稚はどないしました？」

「丁稚？　置いてきた」

「なにかおましたのか？」

「道宇さんが殺された」

「えっ？　ほんまだすか？　道宇さん、ここへ来はりましたで」

「なんやと……？」

「また小遣いせびりに来たのかと思たら、旦さんに会うて話がある、ゆうて……。新町の寄り合いに行って留守や、と言うたら帰りはりましたけど……」

「なんぞ言うてなかったか」

「えーと……なんかわけのわからんこと言うてはりました。力丸とお竹も殺された、とか、あいつは生きていた、とか……」

「力丸とお竹が殺された？　ほんまにそう言うたのか？」

「へえ……」

「やっぱりそうか……！」

　飯兵衛は蒼白になって震えだした。

「旦さん、奥に入ってお酒でもおめしあがりになったら落ち着きまっせ」

「あのな、喜平、そうなんや、あいつが……あいつが生きとったのや」

「あいつ？　あいつてだれだす？」

　飯兵衛は口を開きかけたが、ふう……とため息をつき、口を閉ざした。番頭が意を決した顔で、

「旦さん、使用人の分際で差し出口かもしれまへんけど、ときどきうちに来ては小遣いをせびっていくあの力丸さんや道宇さんは旦さんとどういうご関係だすか。古いお知り合いやということはわかりますけど……なんぞ弱みを握られてはるのやったら、お役人にご相談なさってはいかがでおますやろ」

「………」

「それと……ときどき旦さんがぎょうさん仕入れてきはる反物だすけど、得意先から

タダ同然にもろた、とおっしゃいますけど、あれの出どころも気になっとります。タダでくれるような代物やおまへんで。しかも、大坂では一切売りに出さず、江戸の出店(でみせ)だけで扱(あつか)う、というのも……。もし、後ろ暗い商品なら、うちの今の身代を考えると、そんな品は扱わん方がええのやないかと……。丁稚もうすうすそのあたりに気づいとるようだっせ」

「ええ、うるさいな。今はそれどころやない」

「旦さんが近頃、毎晩のように遊び歩いてはりますので、わては店から一歩も出んと仕事しとります。昨日もおとといも徹夜でおました。旦さん、ちょっとはお店のことを……」

「考えとる！　せやさかい反物を安う調達して、江戸で売っとるのやないか。そんなことよりおまはんは、力丸やお竹がほんまに殺されたのかどうか調べてくれ」

「お竹ゆうひと、わては知りまへん」

「今は女郎蜘蛛のおきち、ゆう名を名乗っとるはずや。——なんや、その不服そうな顔は？」

「いえ……承知しました」

　番頭の喜平は眠そうにしている丁稚のひとりを提灯持ちに連れて出ていった。恵比

寿堂飯兵衛はいらいらしながら待っていたが、半刻ほどして戻ってきた喜平に、

「遅い！　どこをほっつき歩いとったのや！」

「これでも急いだ方だっせ。近くの会所で聞いてまいりました」

喜平は主のまえに何枚かの紙を置いた。

「なんじゃ、これは」

「瓦版だす。『なぞなぞ男』とかいうやつが殺したあと死体のうえに判じものを残していく事件が相次いでるみたいで……道宇さんが言うてはったとおり、閻魔の力丸と女郎蜘蛛のおきちのふたりはそういうやり方で殺されてたらしい。一度は、なぞなぞ屋が捕まりましたやのが、ひと違いやったらしゅうてお解き放ちになっとります」

「うう……そうか……」

「あと、すずめの並太郎という男も同じやり口で殺されたらしゅうおます」

「すずめの並太郎？　そんなやつは知らんぞ」

「けど、おんなじように死体のうえに判じものがあったとか……」

飯兵衛は一縷（いちる）の希望を得たような顔になり、

「ふむ……もしかしたら力丸とお竹が殺されたのはたまたまかもしれん。あいつが下手人やと決めつけるのは早計かも……。以前に調べたら、寺の人別からは消えとるし、

墓も下寺町の寺に建っとるさかい、死んだことは間違いないと思うが……」

そうつぶやいた飯兵衛だったが、

「あーっ！」

突然叫び声を発した。

「ちがう……やっぱりあいつや！　わしを狙とるのや！」

飯兵衛はキリギリスのように甲高い悲鳴を上げ、その場にうずくまった。

「旦さん！　しっかりしとくなはれ！　あいってだれだすねん！」

「わかった……わかったぞ。この判じものは……」

飯兵衛は瓦版をくしゃくしゃに握りしめると、

「番頭どん、すぐに腕の立つ侍を集めてくれ。金に糸目はつけん」

「なんにんほど？」

「多けりゃ多いほどええ」

「用心棒集めてなにしますのや」

「わしを守らせるのやがな！　つぎになぞなぞ男が狙うのはわしや」

「そんなことがわかりますか？」

「わかる……わかるのや」

「なんでだす?」

飯兵衛はそれには答えず、

「ええから、おまえはわしの言うとおりにしとったらええのや!」

「旦さん、昔なにがあったか存じまへんけど、この先、恵比寿堂が何代も何代も続いていくためには、汚らしいことはこれを機会に全部掃除してしもた方が……」

「じゃかあしい!」

飯兵衛は喜平の横面(よこつら)を張り飛ばした。

「き、き、貴様がわしに意見するやなんて十年早いわ! とっとと用心棒集めんかい!」

そう叫ぶと、飯兵衛は足音を荒(あら)らげて自分の部屋に閉じこもると、脇差(わきざし)を膝(ひざ)に置いて震えていた。

翌日から、幸助、お福、生五郎の三人が交替で我慢の助三の家を見張ることになった。ちょうど幸助の番のときに、どこかの子どもが戸を少し開けて文(ふみ)を石にくるんだ

ものを放り込み、そのまま駆け去った。四半刻（約三十分）ほどしてそろそろと戸が開き、頬かむりをした助三が顔を出した。やはり、このくそ暑いのにどてらを着込んでいる。助三は周囲に目を配りながら早足で長屋を離れた。幸助はそっとあとをつけた。大坂中を引っ張り回されるのを覚悟していたが、意外にも助三はすぐ近くにある一軒の大きな商家の裏手に出た。裏木戸のまえには、塗りの剝げた刀を落とし差しにした浪人体の男が腕組みをして立っていた。

「我慢の助三だす」

「うむ、入れ」

助三は細く開けた木戸の隙間から塀のなかに滑り込んだ。幸助はその場を離れ、表へと向かった。「古手買次　恵比寿堂」という木製の看板が掲げられていた。

（なるほど、ここがお福の言うていた恵比寿堂か……）

幸助は店に近づき、なかをのぞきこもうとしたが、七、八人の浪人にさえぎられた。

「いずれへ参る」

そのうちのひとりが幸助の正面に立ち、唾がかかるほど顔を近づけ、虫歯ばかりの口を開けた。柄の悪そうな男である。

「古着を買おうかと思うてな……」

「ここは古手の問屋だ。小売りはしておらぬ。とっとと去ね」

「ああ、そうなのか。これは失礼した。お手前方はここでなにをしておられる」

「我らはこの店の用心棒だ。不審なものを近づけぬよう警戒の任に当たっておる」

「ほほう、ただの古手屋がなにゆえ大勢の用心棒を雇うておるのだ」

「そんなことはおぬしの知ったことではない。去ねと言うたら去ね。斬られたいのか！」

「はははは……わかったわかった」

幸助は浪人たちから数歩離れた。

（これでは、なかに入るどころか、店に近づくこともできぬ。我慢の助三がなにをしておるのか気になるが……）

いまだ彼をにらみつけている浪人たちから顔を背けたとき、幸助は店の塀になにやら張り紙がしてあるのを見つけた。

（なるほど……これはよい）

幸助はひとり合点をしたあと、浪人たちに笑顔で近づいていった。

◇

その寺は高台にあった。境内には楓の木が十数本生えており、秋になればさぞかし紅葉がきれいだろうと思われた。裏手には、申し訳程度の狭い墓地があった。奥まったところにある小さな墓のまえでひとりの男がひざまずいていた。墓は九つ並んでおり、そのひとつひとつに花と線香が供えられている。男は目を閉じ、

「おまさ、伊之二、おきね、おみつ、それにカニ吉、サバ吉、イカ吉、鴨松、鶴松……私や。とうとうおまえらの恨みを晴らすときが来たで。遅うなってすまんかったなあ。けど、もうじき大願成就するから、あとちょっとだけ待っててや。そうなったら私も生きてるつもりはない。そっちに行くさかいな……」

そのあと男は立ち上がると、少し離れた藪のなかに隠れるように建てられているいちばん小さな墓を拝んだ。石の表には「なぞなぞものの墓」とのみ刻まれ、俗名も法名も没年も一切記されていなかった。

「やっと私もこの墓に入ることができるわ。それにしても『なぞなぞものの墓』とは言いえて妙や。私がなぞなぞにさえのめり込まんかったら、家族や店のもんをこんな

目に遭わせることもなかったやろうけど……すまん、私はなぞなぞに取り憑かれてしもたのや」

そうつぶやくと、男は立ち上がった。そのとき、

「やはりいたか。こやつのねぐらはわからぬが、この墓を張っておればかならず現れる、と聞いていたとおりだ」

石段をぞろぞろと上ってきた五人の男たちがその男を半円状に取り囲んだ。いずれもひと癖ありそうな面構えの浪人らしき侍である。頬や額などに刀傷があるのは乱暴な日常を送っている証左であろう。着物は判で押したように擦り切れ、垢じみており、腰の大小もこけおどしの安ものばかりで、なかには刀を差していないものもいる。いわゆる「食いつめ浪人」というやつだ。

「なんや、おまえらは」

鼻水を垂らした浪人が、

「死んでもらう」

「死んでもらうもなにも、私はあんたらのことを知らんで」

「知らんでよいのだ」

「だれがあんたらに、私を殺せと言うたのや」

「それは言えぬ。言えぬが……察しはついておろう」

「まあな。けど、あんたらはなんで面識のない私を殺すのや」

「無論、金のためだ。俺たちは喉から手が出るほど金が欲しい。金のためならなんでもするのだ。悪う思うなよ」

「ふーん、そうか。わからんでもないわ。私もなぞなぞのためならなんでもするからな」

「なぞなぞ……？　なんのことだ」

「なぞなぞなあに、なぞなあに」

「こ、こやつ、なにを申しておる」

「浪人とかけてなんと解く？」

「し、知らぬ！」

「それをもらうと、あんたらみたいなダメな連中と解く」

「抜かしたな、こやつ……」

「ええから、そこは『その心は？』と言わんかい」

「そ、その心は……？」

「使えんやつらやなあ……」

「どういうことだ？」

「わからんか。浪人は『仕えん』やろ」

「ああ、なるほど！」

隣にいた浪人が、

「感心している場合か！　こやつを始末するのが我らの務めだろう」

「わかっておる」

鼻垂れ浪人は刀を抜いた。刃こぼれのひどい安物だ。ほかのものたちも一斉に抜刀した。彼らはじわりとなぞなぞ男に近づいた。なぞなぞ男は匕首を取り出した。

「多勢に無勢だ。あきらめろ」

「ちっ……あと少しで宿願が果たせるというときに……こうなったら斬って斬って斬りまくって、あの世への道連れにしたる！」

「ほざけ」

鼻垂れ浪人が斬り込んでくるのをかわすことなく、匕首を構えて突っ込んだ。相手がひるんだところを、その脛を思い切り蹴り飛ばした。つんのめった浪人の右手首を匕首で突きさす。浪人は刀を取り落として後ずさりした。ふたりの浪人がうなずき合うと、

「死ね！」

左右から斬りつけた。身体をひねって、右からの太刀はなんとかかわしたが、左からの一撃がなぞなぞ男の肩をぐさりと刺した。血がほとばしり、なぞなぞ男はよろめいた。

「今だ！」

ふたりの浪人がふたたび同時に襲い掛かった。なぞなぞ男は地面を転がりながら必死に攻撃をよけたが、浪人の刃が背中を斜めに切り裂いた。

「ふふふ……覚悟しろ」

浪人たちが刀を振り上げたとき、

「ちょっと待ってくれ。とどめを刺すのは俺にやらせてくれ」

いちばん後ろで見ていた痩せた浪人がまえに進み出た。腰に刀はない。

「なんだ、おまえ。手柄を横取りするつもりか」

「まあまあ……命を奪うのは気分のよいものではない。汚れ仕事を引き受けてやろうというのだ」

「なるほど。たしかにそうだ。——葛幸助だったな。ならば、おまえに任せる」

幸助はにやりと笑い、鼻垂れ浪人が落とした刀を拾って、二、三度素振りをくれた。

「なんだ、手入れをしておらぬなまくらだな。まあ、よい」

幸助は、地面に倒れたなぞなぞ男のまえに立つと、四人の浪人たちに向き直って刀を構えた。

「なんの真似だ」

「気が変わった。この男の味方をする」

「貴様……！」

四人の浪人たちは野獣のような唸り声を上げながら幸助に殺到した。幸助は借りものの刀を振るい、あっという間に彼らを峰打ちにした。途中で刀が根もとから折れてしまったが、すでに四人はその場に昏倒していた。幸助は刀を見て、

「言わぬことではない。ひどい刀だ。武士の魂だぞ。――もっとも俺の魂はとうに売り払ってしまったが……」

そうつぶやくと、倒れたままのなぞなぞ男を抱え起こした。

「大丈夫か？」

「うう……ううう……」

男は、幸助の耳もとに口を寄せると、

「刀が……折れた……と掛けて……」

幸助は呆れたように、

「もうよい。黙っておれ」

応急の血止めをすると、

「医者に連れていってやる」

男がかぶりを振ったとき、気絶していた浪人のひとりがいきなり身体を起こし、刀で幸助の足を払った。幸助が跳びしさると、浪人はしゃにむに打ちかかってきた。幸助は折れた刀を捨てると、浪人の腕にしがみつき、その刀を奪い取ろうとした。渡すものか、と浪人が両腕に渾身の力を込めたとき、幸助は左手を浪人の鳩尾に突っ込んだ。

「げえ……」

浪人は前のめりに倒れた。幸助がなぞなぞ男の方を見たが、そこにはだれもいなかった。

◇

「なんやと？　しくじった……！　アホか！　みすみす追い詰めておきながら……こ

のドアホ！」

浪人たちの報告を聞いて、恵比寿堂飯兵衛は「恵比寿」らしからぬ憤怒（ふんぬ）の形相（ぎょうそう）で怒鳴った。四人の浪人はうなだれてその怒声（どせい）を聞いていたが、いちばんまえに座っていた鼻を垂らした浪人が顔を上げ、

「そうは言うが、あの葛幸助という男が裏切ったのだ」

「なんでや」

「知らぬ。たぶん金に転んだのだろう。我々も、金さえはずまれれば寝返るかもしれぬぞ」

「手当てならじゅうぶん渡しとるはずや」

鼻垂れ浪人は、ふん、と鼻を鳴らした。飯兵衛はすぐ横で聞いていた番頭の喜平に、

「もっと用心棒を集めるのや。何十人になってもかまわん」

「ずっと募集はしとります。けど、そんなに来たら、いてもらう場所がおまへんがな」

「奉公人の部屋を全部明け渡すのや。それで足（た）りんのやったら、蔵の荷物を放り出して入ってもらえ。台所でも風呂場でも開いてるところはなんでも使え」

「混んでる旅籠屋（はたごや）やおまへんのやから……。旦さん、いったいだれをそんなに怖がっ

てはりますのや」

「だれでもええ。とにかくわしを守れ。守るのや」

「いっそのこと町奉行所にお願いしはった方が……」

「ええい、そうはいかん事情があるのや。黙ってわしの言うとおりにせえ！　用心棒を集めるのや！」

　唾を飛ばすと、飯兵衛は徳利の酒を湯呑みに注ぎ、がぶりと飲んだ。さっきからかなりの量を飲んでいる。喜平は頭を下げると部屋を出ていき、廊下でやれやれと首を横に振った。四人の浪人たちも喜平に続いた。代わりに入ってきたのは我慢の助三だ。

「えらい荒れてはりますな」

　そう言うと、湯呑みに勝手に酒を注いで飲み始めた。

「怖いのや……」

「あれだけのことをしたのやさかい、今更なにをビビッてまんねん。腹くくりなはれ」

「人間、いくつになっても悟れんもんやな。この歳になると命が惜しなってきた」

　飯兵衛も負けじと酒を飲む。助三が、

「けど、つぎは旦さんを狙うとはかぎりまへんで。わてかもしれん」

「いや……わてや。間違いない」

「なんでわかりまんのや」

飯兵衛がなにか言おうとしたとき、急に襖が開いた。飯兵衛はビクッとして座布団をひっかぶった。入ってきたのは喜平だった。喜平は情けなさそうに主を見やると、

「旦さん、用心棒志願のご浪人たちがぎょうさん集まってはりまっせ。お会いになられますか」

「そ、そうか。いや、あんたに任すわ」

飯兵衛はそう言うと、座布団を頭に載せたまま酒をあおった。

◇

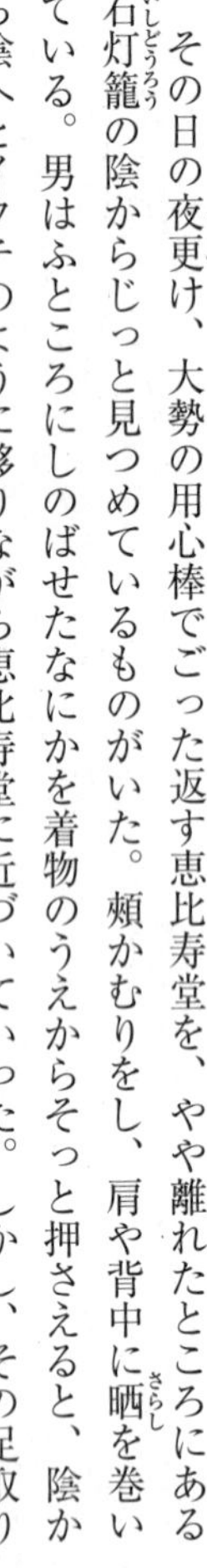

その日の夜更け（よふ）、大勢の用心棒でごった返す恵比寿堂を、やや離れたところにある石灯籠（いしどうろう）の陰からじっと見つめているものがいた。頬かむりをし、肩や背中に晒（さらし）を巻いている。男はふところにしのばせたなにかを着物のうえからそっと押さえると、陰から陰へとイタチのように移りながら恵比寿堂に近づいていった。しかし、その足取りはよろめいており、息も苦しそうだ。男は裏手に回ったが、そこも浪人たちで固めら

れている。荒い呼吸を鎮めつつ、男は匕首を抜こうとした。その手首を、真後ろからにゅうと伸びた腕がつかんだ。

「なにをするのや！」

「しっ……聞こえるで」

「あ、あんたは……」

「市田屋伊一さん、一度お目にかかりましたなあ。福の神だす」

「見逃してくれ。頼む……」

「そうはいかん。あれだけの用心棒に囲まれとるのやで。あんさんがひとりで討ち入っても返り討ちに遭うだけや。それに、あんたの目指すところはただ仇を討ち取るだけやないはずやろ。恵比寿堂飯兵衛の悪事を世間に晒して、お上のお裁きを受けさせる……失火の件もあんさんの手落ちやなかった、と公に認めてもらってこそ市田屋の名誉回復ができ、亡くなったご家族や奉公人も浮かばれるのとちがうか」

「あ、あんた、どこまで知ってるのや」

「のほほほほ……ただの推量や。わたいの考えでは、あんさんはあちこちでなぞなぞ講を作って、なぞなぞを教えてた。それに目をつけた恵比寿堂飯兵衛とその仲間がなぞなぞ好きを装ってあんさんに近づいて信用させ、あんさんが出かけてるあいだに蔵の反物を全部持ち出したうえ、店に火をつけた。たぶん用心棒に雇てた道宇という浪人が手引きしたのやろ。――ちがうか？」

「いや……そのとおりや」

伊一はがっくりとうなだれた。

「道宇はなぞなぞ講の講中のひとりやったさかい、その縁で雇うたのや……。店はすっくり焼けてしもて灰になった。女房、子ども、奉公人も焼け死んだ。飯兵衛はうちから盗んだ反物を江戸で売りさばいて大金を作り、それを元手に恵比寿堂の看板を挙げよった。あの男は、表向きは担ぎの古手屋やが、いろいろな店やお屋敷に出入りして盗みを働く盗人やったのや。なにをたずねられても知らぬ顔をしてるところから『知らぬ顔の飯兵衛』ゆうふたつ名までついとった。閻魔の力丸、比丘尼のお竹、道宇富十郎、それに我慢の助三はあいつの手下や。私はそういうことをあとで知ったのや」

「すずめの並太郎は？」

「あいつはちがう。申し訳ないけど、なぞなぞをきれいに完成させるためにお命をいただいた」

「やっぱりな。――なぞなぞ好きとしてわたいが気づいたのは、あんたが殺した連中の名前の順番や。けど、それだけやない。あんさんが言うとった『エービーシーとき たら、つぎはデーでないとあかん』という言葉の意味がやっとわかったのや。なんの 意味もないただの趣向やけど、なぞなぞ好きのあんさんはたまたま気づいたその趣向 をどうしても使いとうなったのやろ。気持ちはわかるわ」

「わかってくれるか！」

伊一は相好を崩した。お福は、

「エービーシーとかいうのは、メリケン国の『いろは』や。阿蘭陀国では同じことを『アーベーセーデーエー』ということは蘭学者に聞いて知ってたけど、メリケンでは『エービーシーデーイー』というらしいな。あんさんはそれが『エービースードー』つまり恵比寿堂とよう似てることに気づいたのや。しかも、あんさんの名前は伊一……」

「わはははは……たいしたもんや！」

「そのあたりの謎解きはいずれゆっくりしてもらうとして、今日はとりあえずわたいを信用して、言うことを聞いてくれんか。悪いようにはせん」

「あんた……なんで私に手ぇ貸してくれるのや。縁もゆかりもない人間やで」

「間違うたことがまかりとおるのが辛抱ならん、ゆうだけや。わたいだけやないで。

大坂中探したら、そういう連中はぎょうさんおる。希望を捨てたらあかん。それにわたいは、あんさんがなんでわざわざ判じものを死体のうえに置いていくのかに興味があるのや」

「それは……私は恵比寿堂飯兵衛をただ殺すつもりはない。めちゃくちゃ震え上がらせたうえで殺したいと思とるさかいや。あの男はずるがしこいだけあって、なぞなぞを解く力もそこそこあったから、私の判じものの意味もわかってるはずや。今頃、さぞビビッてることとやろ」

「面白そうな話やな。加担させていただくわ」

「けど、これだけの用心棒がいたら勝ち目はないやろ」

「そうやろか」

お福はニタッと笑った。

◇

雇い入れた用心棒はおよそ百人。恵比寿堂がいくら広いといっても敷地からあふれそうになっていた。わずかな金を目当てに続々と集まった食い詰め浪人たちは、店のあちこちに寝そべって酒を飲むやら飯を食うやら花札やサイコロ博打をするやら好き放題に振るまっている。なかには庭に出て相撲を取ったり、松や杉を相手に試し斬りをしたり、卑猥な歌を大声で歌ったり、立小便をしたりするものもいた。番頭の喜平が飯兵衛に、

「旦さん、人数はこれぐらいでよろしいやろか」

「こんなもんやろ。ほな、決起の会といこか。仲間割れがあったり、裏切者が出たりせんように、親睦を深めて、なにがあってもわしの命を守る、という気炎を上げてもらうのや」

「はあ……決起だすか……」

「キタの新地にわしのよう知っとるお茶屋があるさかい、そこを貸し切って、先生方にたらふく飲み食いしてもろてくれ。わしは行かれへんから、差配は番頭どん、あんたに任すわ。——もちろん全員いっぺんにはあかんで。あの男はいつ来るかわからんのやさかい、五十人ずつふた組に分けて、ふた晩かけて宴会や」

「へえ、承知いたしました」

　というわけで、曽根崎新地の大津屋でふつか続けての大宴会があった。喜平が立ち上がってまえに出ると、

「うちの旦さんが悪者に狙われとりますのや。皆さん方のお役目は旦さんをお守りすることだす。なにとぞよろしゅうお頼み申します」

「任せておけ。その悪者とやらがいかに手ごわかろうと、我々の敵ではない。刀の錆にしてくれるわ」

「そうだそうだ、大船に乗ったつもりでおれ、と主に伝えてくれ」

「我ら命に代えても恵比寿堂に仇なすものから主飯兵衛殿を守りぬく所存」

「おうおう!」

「能書きはそのぐらいにして、さあ、飲むぞ」

「おうおう!」

「酒は飲め飲め飲むならば……」

「おうおう!」

浪人たちはへべれけになり、座は乱れに乱れた。

◇

そして、三日目。用心棒たちは朝から恵比寿堂の庭で宴会の続きをしており、

「おーい、番頭！　酒がないぞ！」

「そこの丁稚！　肴を持ってこい！」

「だれか酌をしろ！　丁稚、おまえには言うとらぬ！」

昼になり、やがて、月が上った。夕刻ごろ、喜平が飯兵衛に、

「なんぼなんでも騒がしすぎまっせ。庭がゴミだらけだす。ご近所からも苦情が来とります」

「そんなもん、ほっとけ」

「けど、お役人が来たらどうなさいます」

「それもそやなあ……」

飯兵衛はため息をつき、座布団を持って、喜平とともに庭に出た。

「おお、主か。ここへ来て一緒に飲もう。我らのおごりだ」

飯兵衛は小声で、

「なに抜かす。わしの酒やないかい」

浪人たちのなかには、植え込みのあいだや灯籠のあいだなどに寝転がり、盛大にいびきをかいているものや、泉水(せんすい)に半ば落ちかかっているものもいる。飯兵衛が、

「あんたら、ええかげんにしとくれ！　酒を飲むなとは言わんが、そんなに酔うたら、

あいつが来たとき、ものの役に立たんやろ！」

浪人のひとりが千鳥足で飯兵衛に近づいてきた。顔は真っ赤に火照り、息は熟柿のような臭い、しかも鼻を垂らしている。

「主、心配いらぬぞ。こんな多少の酒がなんだ。我らは飲めば飲むほど勇気凛々となる豪傑だ。かならず……うーい……主を守ってみせる」

喜平が、

「あのなあ、先生方、『竹取物語』を知ってはりまっか」

「かぐや姫のおとぎ話であろう。それがどうした」

「あの話の最後に、かぐや姫を奪いにきた月からの使者に、時の帝が二千人の軍勢を送って姫を守らせる、という場面がおます」

「うひゃひゃひゃ……なるほど、ならば飯兵衛がかぐや姫で、我らが帝の軍勢というわけだな」

「けど、それほどの支度をしていたにもかかわらず、月からの使者が来ると、警固のものたちは皆、身体が動かんようになったり、弓を弾く手の力が失せたり……まるで酒に酔うたようになって地面に倒れ伏してしもたらしい。先生方もそんなことにならんように、ちょっとはお酒を控えて……」

喜平がそこまで言ったとき、手代(てだい)が血相を変えて庭に走り込んできた。

「えらいこっておます！」

「なんじゃ、騒々しい！」

番頭の喜平が叱ると手代は一枚の紙を示して、

「今、こんなもんがお店に放り込まれました」

そこには、

今宵
飯兵衛殿のお命頂戴に参上つかまつる
寝ずに見張るべし
天下一

「ああっ……！」

飯兵衛は頭からまた座布団をかぶった。その座布団が小刻みに震えている。

「とうとう来たか……」

喜平はそうつぶやいたが、その紙を見直して、

「けど、これでは今夜の何刻ごろに来るのかわからん。夜通し待ち構えてなあきまへんな」

「いや……わしにはわかる。子の刻（午前零時）ごろや」

座布団の下から声がした。

「旦さん、なんで子の刻と思いなはる？」

「『寝ずに見張るべし』とあるやろ。寝ず見……つまり子の刻や」

「ああ、なるほど。旦さん、なぞなぞにもお強い」

「嫌なことを言うな。なぞなぞなんか大嫌いや！」

喜平は鼻垂れ浪人に向き直ると、

「いよいよだっせ、先生方。頼んまっせ」

「おお、任せておけ」

浪人は胸を叩き、

「子の刻と決まったからには、それまで酒を飲んで英気を養うこととといたそう」

そう言うと、ふたたび飲みはじめた。喜平は飯兵衛に、

「いつまでも庭におるわけにはまいりません。居間に戻りまひょ」

「わ、わかった……」

飯兵衛は座布団をかぶったままそろそろとヤドカリのように地面を這いはじめた。

◇

鐘が九つ鳴った。子の刻である。いまだに浪人たちは酒を飲んでいる。空(から)になった酒樽があちこちに転がっている。

「そろそろ支度するか」

「うむ。金をもろうた以上、少しは働かねばな」

「ははは……これだけの頭数がそろうておれば、織田信長(おだのぶなが)の軍勢が来てもひとひねりだ」

浪人たちは鉢巻きをし、たすきを掛け、刀の目釘を検(あらた)め、素振りをくれた。槍や薙(なぎ)刀(なた)を持つもの、弓を持つものもいる。討ち入りとまちがえているのか、大槌(おおづち)や梯子(はしご)、のこぎり、まさかりなどを手にしているものもいる。居間に閉じこもった飯兵衛は、座布団では頼りなくおもったのか、今は大布団を何枚もかぶったうえ、屈強(くっきょう)そうな用心棒を八人選び、自分のまわりを囲ませている。我慢の助三も落ち着かぬ様子で酒をちびちび飲んでいる。番頭の喜平はまなじりを決して襖をにらみつけ、

「来るなら来い！　ひっ捕らえたる！」

布団の下から、

「来い、とか言うな……」

「あ、すんまへん」

そのとき、庭の方から「うわあーっ！」という叫び声が聞こえてきた。ひとりではなく数十人が同時に叫んでいる。

「な、なんや……？」

喜平が様子を見にいこうとしたが、布団の下から、

「喜平、行ったらいかん！　ここにおれ」

「せ、せやけど旦さん……なにが起きたのかたしかめんと……。すぐに戻りますさかい、待ってとくなはれ」

そう言うと喜平は居間から出ていった。廊下を進み、縁側から庭に下りた喜平は驚いた。五つある蔵のうち、中央の蔵の屋根にだれかが立っている。どうやら頬かむりをした男のようだ。

「なぞなぞなあに、なぞなぞなあに……」

低い歌声が流れ出す。庭にひしめく用心棒たちは手に手に武器を取ってその人物を

見上げている。

「弓や！　弓で撃ち取れ！」

だれかが言った。数人が弓に矢をつがえ、きりきりと引き絞った。男は右手のひらを彼らに向け、腕を突き上げた。

「ふわあっ……！」

弓を持っていた浪人たちは腰砕けのようになってその場に崩れ落ちた。

「ど、どうした！」

ほかの用心棒たちが駆け寄ったとき、男は左手を上げた。十数人の浪人たちが泥酔したような足取りになり、折り重なって倒れた。

「不思議な術を使うぞ！　ひるむな！　槍を投げろ！」

先頭の浪人がわめいた。三十人ほどの浪人たちが槍を構え、屋根のうえの男目掛けて投げようとした。

「おねんねせえ」

男は両方の手のひらを彼らに向けて、押し出すような仕草をした。槍を持った侍たちは見えない力に弾かれたように後ずさりするとそのまま尻もちを突き、地面に転がった。男は屋根から軽々と飛び降りると、用心棒たちに迫った。浪人たちは蒼白になり、後ろへ後ろへと下がっていく。

「ほらほらほらほら……いくでえ！」

男は両手で空間をかき混ぜるような仕草をした。

「うわあっ！」

「ひえっ！」

「お助けっ！」

浪人たちは刀を取り落とし、つぎつぎと昏倒していく。喜平はあわてて縁側に飛び乗り、廊下を走って、居間へ飛び込んだ。襖をぴしゃりと閉めてから、

「だ、旦さん、えらいこっておます……！」

重ねられた布団の数が倍ほどに増えている。

「なにがあったのや」

声が聞き取りにくい。

「頬かむりの男が現れて、妖術みたいなものを使うたら、用心棒の先生方が全員倒れてしまいましたのや。まるで『かぐや姫』だすわ」

「な、なにいっ」

「あいつはもうじき、ここに来まっせ。どないしまひょ」

「ううう……ううううう……」

八人の用心棒たちは刀を抜いて襖のまえに横並びになった。鼻垂れ浪人が、

「来るなら来い！」

そう叫ぶと、布団の下からくぐもった声がした。

「せやから、来んでええ！」

つぎの瞬間、襖が勝手に開いた。そこにはなぞなぞ男が立っていた。浪人たちが斬りかかったが、

「えいっ！」

なぞなぞ男が手をぐるぐる回すと、

「うう……身体がしびれる……！」

「ああ……目が回る！」

八人の用心棒たちはなすすべもなく畳のうえに倒れていった。喜平が、

「旦さん……あきまへん。先生方、みんな倒れてしまいましたで！」

「なんやて！」

飯兵衛は布団をはねのけて、なぞなぞ男を拝み上げると、

「頼む、伊一……命だけは助けてくれ。この店の身代、そっくりおまえにやる。せや

から命だけは……」

「ならん。私はこの日のために地獄から舞い戻ってきたのや。死んでもらう」

そう言うとなぞなぞ男こと市田屋伊一はふところから筒のようなものを取り出して飯兵衛に向けた。

「なんや、それ……」

「メリケン製の短筒……ピストルというもんや」

「メリケン製……？」

「そや。私はおまえらに海に放り出されたあと、バラバラになった船の残骸にしがみついて嵐のなかをクラゲみたいに丸三日漂ってるところを、通りかかったメリケンの捕鯨船に助けられたのや。九死に一生を得たけど、異国船は打ち払えというお達しが出とるさかい、日本に帰ることはできん。しかたなくハワイという島で下ろしてもらい、そこで働いて金を貯め、出島に向かう阿蘭陀船に紛れ込んで、やっとこの国に戻ってきたのや」

「そうやったのか……」

「おまえ、判じものの意味はわかったやろな」

「ああ……わかった。はじめが『閻魔の力丸』、つぎが『比丘尼のお竹』、そのあとに

『我慢の助三』やのうて、わしらと関係のない『すずめの並太郎』とかいうやつが殺されたのを知ってピンと来た。最後が『道宇富十郎』……四人の頭の文字を順番に並べると『えびすどう』になる。わしを最後に殺すつもりや、とな」

「さすが私の教え子や。よう趣向を見抜いてくれた」

「趣向のために、すずめの並太郎を殺したんか」

「そや」

伊一はあっさりうなずいた。

「おまえを骨の髄(ずい)までビビらしといてから殺そうと思てな。並太郎には悪いことしたわ。けど、それだけやないで。私はハワイで少しだけメリケンの言葉を覚えた。あちらの『いろは』は『エービーシーデーイー』ゆうのや。『えーびーすーどー』とよう似てるやろ。もちろん『イー』は私の……伊一の『イー』や。私はそのことに気づいてから、おまえらをこの趣向の通りに殺したいという気持ちが抑えきれんようになった。あとはおまえを殺ったらきれいに『エービーシーデーイー』ができあがるのや」

「おまえは頭がおかしい……」

「なんとでも言え」

伊一はピストルを飯兵衛に突き付けた。飯兵衛は、

「そうか……用心棒がみんなしびれてしもたのも、おまえがメリケンで会得してきた妖術やな！」

「ははは……そういうことにしとこか」

伊一が引き金を弾こうとしたとき、

「待て」

飛び込んできたのは江雷蔵だった。

「兄さん、やっぱり生きてはったか！」

「おお、江雷蔵か。邪魔するな」

「兄さん、あんたにこれ以上罪を犯してもらいとうないのや」

「たとえおまえの頼みでもこればかりは曲げられん。こいつを殺して、はじめて女房、子ども、奉公人の仇が取れるのや」

江雷蔵はしばらく考えていたが、

「ほな、兄さん、なぞなぞ勝負といこか」

「なに……？」

「ふたりで謎かけをして、勝ったもんの言うことをきくのや」

「ははは……おまえが私に勝てるはずがない」

「わても天下一のなぞなぞ屋を名乗ってる男や。あれから修業も積んだ。むざとは負けへんで」

「よし……なぞなぞ勝負を挑まれては断れん。大事のまえの小事や。受けてたったる。けど……だれが勝ち負けを判定するのや。それにお題はどうするねん」

　廊下から、

「その役、わたいにやらせてくれ」

　そう声をかけて入ってきたのはお福だった。伊一と江雷蔵は同時に、

「おお……あんたか」

「わたいはどちらとも顔見知りやさかいちょうどええやろ」

　伊一は、

「うむ、あんたなら信頼でける」

　江雷蔵も、

「なぞなぞの腕もたしかや」

　お福はうなずいて、

「決まりやな。勝負は一回きり。勝っても負けても恨みなし。ほな、行くでえ。なぞなぞなあに、なぞなあに……」

部屋の空気がにわかに張り詰めた。

「そやなあ……飯兵衛を往生させるかどうかの勝負やさかい、お題は『ご飯』にしよ。ご飯に関することならなんでもええ。どっちからでも、できた方から言うてくれ」

ふたりは黙り込んだ。やがて、伊一がピストルを飯兵衛に突き付けながら、

「できました。――私のは、『炊き立てのご飯を盗人に盗まれた』と掛けて……や」

お福が、

「おもろいお題やな。あげまひょ」

「これをもらうと、『悪事がお役人に露見する』と解く」

「その心は？」

「飯盗られる、とはどやろ」

「のほほほほ……上出来、上出来」

江雷蔵が、

「わてもできました。わてのは『もう食えんと言うてるのにご飯をどんどん食べさせられる』と掛けて……」

「それもおもろいなあ。あげまひょ」

「これをもらいますと、『みごとにだまされたアホなやつ』と解く」

「ほう、その心は？」

「いっぱい食わされた！」

「こっちも上出来や。――さあ、判定やが、どないしよかいなあ……」

飯兵衛が、

「伊一の負けや！　そうに決まってる！　なにが『飯盗られる』や、しょうもない」

お福が、

「しょうもない？　そうかいなあ……」

そう言ったとき、表の方から戸を激しく叩く音とともに怒鳴り声が聞こえてきた。

「西町奉行所定町廻り同心古畑良次郎である！　夜半にもかかわらず大勢での放歌高吟が迷惑至極と近隣住人より苦情が殺到しておる！　主の飯兵衛はおるか！　早うここを開けよ！」

お福が、

「のほほほほ……早速召し捕りにきよったで」

飯兵衛は血相を変えて部屋から逃げ出そうとしたが、その喉に刀の切っ先が突き付けられた。

「どこに行くつもりだ」

入ってきたのは幸助だった。そして、

「俺が聞いていたところでは、伊一の勝ちだな」

お福もうなずき、

「そやなあ。わたいもそう思うわ」

伊一はにやりと笑い、ピストルを飯兵衛の額に突き付けて、

「聞いたか。判定が出た。——死んでもらおか」

飯兵衛は目を閉じ、震えながら両手を合わせている。伊一はゆっくりと引き金を引いた。パン！　という音が響き、飯兵衛はその場に倒れた。しかし、額には穴は開いていない。飯兵衛は額を触り、

「な、なんでや。わしは生きとる。どういうこっちゃ……」

目を開けると伊一が笑いながら、

「空砲(くうほう)や。弾は入ってない」

「えっ？　えっ？」

お福も笑いながら、

「これがほんまの『いっぱい食わされた』ゆうやっちゃな」

幸助も笑った。倒れていた用心棒たちも立ち上がり、げらげら笑い出した。

「わけがわからん。なにが起きたのや」

お福が、

「わからんのか。あんたが雇うた百人の用心棒は、わたいが金を渡してこっちに寝返ってもろたのや。大津屋で宴会したときにこっそりお願いしたら、みんな喜んで話に乗ってくれたわ」

「ほな、身体がしびれたりしたのは……」

伊一が、

「全部芝居や。なかなか皆さん達者やったで。なんぼメリケンでもそんな魔術あるわけないやろ」

「くそっ……腐れ侍どもめが！」

鼻たれ浪人が、

「貴様はひとり一分しかくれなかったが、こちらのお方はひとり十両くれた。俺たちは金がなくてやむなく貴様の外道な策略に加担したのだ。それより高い金をくれれば寝返るのは当たり前だろう」

飯兵衛は歯嚙みをしながら、ふと気づいた。番頭の喜平もケタケタ笑っているではないか。

「ま、まさか、喜平……おまえまで……」

「旦さん、後ろ暗い商いをこれで終わりにするためだす。悪う思わんでください」

飯兵衛の顔色は紙のように白かった。そのとき、隅の方で黙っていた我慢の助三が匕首を抜き、廊下に飛び出そうとした。幸助がすばやくその襟髪（えりがみ）をつかんで後ろに引き倒し、当て身をくれた。

「なにをしておる！　早く開けろ！　開けろ開けろ開けろ開け……ごほっ、ごほっ……」

丁稚がひとりやってきて、

「番頭さん、お役人がうるさいんだすけど、どないしまひょ」

お福が鼻たれ浪人に、

「用心棒の皆さんは裏口から出とくなはれ。あとはわたいらで上手いことやっときます」

「かたじけない」

浪人たちが引き揚げていった。伊一と江雷蔵は庭に出ると植え込みに身を隠した。しばらくして入ってきた古畑と白八は幸助とお福を見て、

「またおまえらか！　夜中に騒ぎを起こすとはけしからぬ。会所まで来てもらおう！」

幸助が、

「あのなあ、俺たちを召し捕ってもたいした手柄にはならぬ。それより大手柄を立ててみたくはないか」

「なに……？」

十手を抜いた古畑は馬面をぐいと幸助に近づけ、

「どういうことか一応聞いてやろう。くだらぬ話だったら許さぬぞ」

「ここにいる恵比寿堂飯兵衛は反物盗人だ。昔、市田屋という呉服屋から反物を全部盗んだうえ、店に火を付けて、大勢を殺したのだ」

「な、なんだと？　そうであったか……い、いや、白八、これでわかったろう」

「なにがでおます」

きょとんとする白八に、

「私はもともとこの恵比寿堂が反物盗人の一件の首謀者ではないか、と疑うておった。今宵（こよい）、放歌高吟を取り締まる、という名目でこの店に来たが、じつはその件について調べるためだったのだ。うはははは……この古畑良次郎の深謀遠慮（しんぼうえんりょ）がついに実を結んだわい！　最高！」

「ほんまだすかいな」

「あとはこのふたりを会所に引き立てて厳しく吟味すればなにもかも白状するであろう」

「また、こないだみたいに大目玉をちょうだいするのやおまへんやろか。ようやく謹慎が解けたところだっせ」

「それを申すでない。白八、こやつらに縄打て！」

「へえへえ……」

白八は恵比寿堂飯兵衛と我慢の助三を取り縄で縛り上げ、その端を持った。古畑は、

「きりきり歩め！」

そう言って飯兵衛と助三の尻を蹴飛ばした。四人は部屋から出ていった。幸助は喜平に、

「おまえはこれからどうするつもりだ」

「へえ……恵比寿堂はもともと担ぎの古手屋からはじまった店。わても一から出直します」

そう言って頭を下げた。幸助、お福、喜平の三人は庭に出た。すでに浪人たちの姿はなかった。植え込みから問多羅江雷蔵が現れた。

「伊一はどうした」

幸助がきくと、

「家族や奉公人を殺された復讐のためとはいえ、ひとの命を奪ってしもた、自分はこの国では人別にも載ってない、墓もある、すでに死んだ人間やさかい、あちらへ行く、とか言うて出ていきよりました」

お福が、

「あちら？　自害するつもりか！」

江雷蔵はかぶりを振り、

「あちらゆうのはメリケン国のことらしい。メリケンにもう一度渡ってなぞなぞの修業をするつもりや、とか言うとりましたが、どこまで本気か……」

幸助が、

「なぞなぞに取り憑かれてしまったのだな。そういう人生は幸せか不幸せか……」

江雷蔵が突然、

「なぞなぞに取り憑かれた人生が幸か不幸か、と掛けてなんと解く？」

お福が、

「あげまひょ」

「これをもらいますと……」

とそこまで言ったあと、じっと押し黙った。幸助が、

「どうした？　自分から言い出しておいて解けぬのか」

しかし、江雷蔵はなにも言わずににこにこ笑っている。やがて、お福が手を叩くと、

「わかった。あんさんは答えない。この謎には『答はない』ゆうこっちゃな」

「はははは……そうでおます」

幸助があきれ顔で、

「おまえもたいがいなぞなぞに取り憑かれておる口だな」

「へえ、これからもどうぞご贔屓(ひいき)に」

「いや、もう当分なぞなぞはこりごりだ。おまえもうちの長屋には来るなよ」

「もちろん、金にならんところには足を踏み入れまへん」

三人は笑い合った。幸助はこのなぞなぞ屋とすぐにまた再会することになるのだが、
それはまたべつの話である。

怪談なんて怖くない

座敷の広さに比して、明かりはろうそくたった一本である。そこに集った顔ぶれは五人。いずれも、大店の主とおぼしき立派な身ごしらえの商人たちだ。円形に座り、その中央にろうそくがある。ひとりひとりのまえには膳があるが、載っているのはスルメやおかき、揚げ昆布といった乾きものと薄い盃だけである。ゆらり、ゆらりとろうそくの炎が揺れ、五人の影も揺れる。給仕や酌をする女もいない。五人だけの座敷である。そして、ろうそくのすぐ横には三方があり、白紙のうえに一分銀が十枚積まれている。

「けっこうでおました。つぎはどなたの番だしたやろ」

恰幅のいい白髪の人物がそう言った。

「唐墨屋はんとちがいますか」

「ほな、わてがしゃべらせてもらいます」

柔和そうな顔つきの、五十歳ぐらいの男が言った。　眼鏡をかけており、耳掛けの紐（ひも）を幾度も確かめたあと、茶をひと啜りしてから、

「つい先月のことだす。さる知り合いに聞いた話やけど、池田に住んでる腕のええ山猟師がおりましたのや。名前は差しさわりがあるさかい、仮に与兵衛とでもしときましょか。与兵衛はその日の猟を占うために、山すそにある神社のおみくじを引くのを慣わしにしとった。凶が出たら、吉が出るまで引き直して、運が直ってから山に入る。ところが、その日は若い相棒をひとり連れてたのやが、その若いもんはすぐに大吉が出たけど、与兵衛は何遍引いてもずっと凶ばかりで、とうとうその神社の神主にねじ込んだらしい。なんで凶しか出んのや、おまえんとこのおみくじは凶しか入れてないのとちがうか……と。ところが、神主は、凶ばかりやとだれもおみくじを引かんようになるから、ちかごろ凶の札はほとんど入れてないはずや、と言うたらしい」

じじじ……とろうそくの芯が音を立てる。

「神主が、これはなにか悪い兆しかもしれん、今日は猟に出るのをやめた方がええ、と言うたのを、そんなことしたらおまんまの食い上げや、と振り切って、むりから山に入ったそうや。すぐに、四匹の子どもを連れたイノシシを見つけて、あとを追うた。半日かけてやっと追い詰めて、大杉のところで猟銃を構え、引き金を引こうとしたら、

そのイノシシが『いややいや』をする。子どもがおるさかい、命ばかりは助けてくれ、と言うとるのやろ、とは思たが、『こっちも商売や。悪う思うなよ』と引き金を引いた。狙い違わず、弾はイノシシの眉間に命中した。子どものシシは逃げてしもた。計ってみたら思てたよりも大きかった。『凶どころか大吉やがな』……にんまりした与兵衛は、若いもんとそのシシを差し担いにして山小屋まで運び、その日はそこに泊まった。その晩のことや……」

唐墨屋と呼ばれた人物は一旦言葉を切って、残りの四人を見渡してから、

「酒の力を借りてふたりは眠っていた。真夜中に、戸をどんどん叩く音がする。若いもんは目ぇ覚ましよった。今時分、それもこんな山のなかでだれが……と思うて与兵衛を起こしたが、ぐっすり眠り込んでしもて起きん。若いもんは、山道に迷うたものが助けを求めにきたのかもしれん、と戸を開けてしもた。ところがだれもおらん。外に出てあちこち探してもそれらしいひと影がない。若い相棒はぞっとした。山のなかにいると、夜中に魔物や山の神がやってくることがある、という話を思い出したからや。あわてて小屋に戻ったら……えらいことになっていた」

唐墨屋はまた言葉を切り、茶を啜った。

「妙な臭いがするさかい、明かりを灯したら、あたりは一面血の海やったそうや。い

つのまにか与兵衛の身体は四つにバラバラにされていた」

だれかが「ひっ……」と声を上げた。

「まわりには、イノシシの足跡の形の血がついた『凶』のおみくじが何枚も落ちてたらしい。そして、撃ち殺したはずのシシの死骸はどこにも見当たらんかったそうや。

――わての話はこれで終わりだす」

白髪の人物が、

「さすがは唐墨屋はん、いつもながら怖い話を仕込んできますなあ。けど、今の話、ほんまのことだすやろな」

「もちろんだす。この『百怪話を楽しむ会』の定めとして、聞いた話はええけど、嘘や作りごとはあかん、ということになっとりますがな。わては、与兵衛と連れ立ってた『若い相棒』の友だちと知り合いでな、そいつを通して、今の話を聞きましたのや。

――ちょっと見とくなはれ」

そう言うと唐墨屋はふところからなにかを大事そうに取り出し、それを残りの四人に見せた。

「これが、その証拠。おみくじの実物だす」

そして折り畳まれた紙を広げて、伸ばした。残りの四人は「おおっ……」と声を上げた。紙の上部には「凶」という文字が記され、その下に神社名があり、朱印が押されていた。そして、たしかにイノシシのものとおぼしき血の足跡がいくつもついていた。

「足跡が小そうおますやろ。おそらく子どものシシのもんやろうということだした」

皆は震え上がった。唐墨屋はそのおみくじを押しいただいてからふところにしまうと、

「わては毎度、お化けや幽霊が出るという場所に自分で出向いたり、いろんなツテをたどって信用できる知り合いの経験談を集めたりしとります。――えーと、最後はどなただしたかな」

頭が禿げ上がり、喉仏の飛び出した男が、

「弘法堂さんだすわ。――弘法堂さん、お願いします。怖いやつで最後を締めくくっとくなはれ」

筆問屋弘法堂の主、森右衛門がため息をついた。

「今の話のあとやと、自信おまへんなあ……」

「そんなこと言わんと」

「へえ……ほな、わしが先日、体験したことだすが……」

「ほう、ご自身の体験でやすか。これは期待でけるなあ」

「え？　いやいや……」

落ち着こうとしたのか、森右衛門は茶を啜ったが、その茶が妙なところに入ったのか、激しく咳き込んだ。

「大丈夫だすか？」

「だ、大丈夫……うちの店の丁稚や手代が寝てる大部屋がおますのやが、夜になるとどこからともなく妙な音が聞こえてくる、て丁稚が言いますのや」

「ほほう……いつもと違うて、ちょっと怖そうやなあ」

「番頭に確かめさせたら、毎晩、ちょうど子の刻（午前零時）ごろに間違いなく音がするらしい。それも、だれかが苦しんで、もがいてるような声や、と言うのや。『んん……んんん……うん……ぐあ……』ていうような感じらしいけど、わしが行くと、ぴたりとやんで、聞かれへん。丁稚連中は怖がってしもて、寝られへんていうし、しかたないから通りすがりの祓いたまえ屋を呼び入れてお祓いをしてもうたのやが、その声は収まらん。梯子で天井裏に上がってみたり、縁の下を探ってみたりしたけど、なにもない……」

「弘法堂さん、これはほんまに怖い話やなあ」

「こないだの晩、またしてもそんな声が聞こえてきて、皆が、どこから聞こえるのやろ、と騒いでたさかい、わしも目が覚めて、その部屋に行ってみた。そうしたら、ほんまに『んんん……んんんん……』ゆう声が聞こえるのや。陰にこもったというか、地の底から聞こえるというか……。わしもはじめて聞いてぞーっとしたのやが、そのうちに下働きの杢兵衛という男が見当たらん、ということに気づいた」

「ま、まさか、その杢兵衛がなんぞ恐ろしいことをしでかしたとか……」

「そういうことだす。しばらくしたら杢兵衛がどこからか戻ってきたのや。『これはこれは、こんな真夜中に皆さんお揃いで、なにごとだす？』と言うさかい、『おまえ、どこにいてたんや』と言うたら、『へ？　わてだすか？　お便所だす』……と、こう抜かしよりました。その大部屋のすぐ裏、中庭に出たところに奉公人のための厠がおましてな……」

「うーん……もしかしたらまたいつもの雰囲気に近うなってきましたけど……それで、どないしましたんや」

「もう、大笑いだすわ。杢兵衛は近頃腹具合が悪うて、結して（便秘になって）るらしい。毎晩、子の刻あたりになると厠に行って『んん……んん……』ゆうて呻いてたのが、大部屋に響いてた、ということだすわ。これでわしの話は終わりだす」

残りの四人はずっこけて、

「あのなあ、弘法堂さん、『落とし噺』の会やないんだっせ。怖あてなんぼ、の怪談噺の会だす。奉公人のフン詰まりの話を最後に聞かされてもどもならん」

「どもならんと言うたかて、今のがほんまのことやさかい……」

「ほかに、なんぞもっと怖い話はおまへんのか」

「うーん……うーん……」

「あんたが呻いてどうすんのや」

「すんまへん……」

白髪の男が締めくくるように、

「今晩も、つつがなく五つの怖い話が披露されました。いつものように順位をつけたいと思います。目のまえの紙に、一番怖かった話と一番怖くなかった話をしたのがそれぞれだれやったかを書いて、わてにお渡しください。ただし、自分の話は除外すること」

投票が終わると、白髪の男が、

「それでは申し上げます。本日、一番怖かった話は、四票、つまり満票を獲得した唐墨屋章太郎さんに決まりました。唐墨屋さん、おめでとうさん」

「そらそやろ。あれは怖かった。怪談を聞きなれてるわてもぞくぞくしたからなあ」

「血の足跡のついたおみくじ見たときは悲鳴を上げそうになったわ」

皆は口々にほめそやし、唐墨屋は、

「皆さん、おおきに」

と頭を下げた。白髪の男は、

「つづいて一番怖くなかった話は……こらもう発表するまでもおまへんな。こちらも満票で、また今日も弘法堂森右衛門さんに決まりました。弘法堂さん、おめでとうさん」

森右衛門は苦虫を嚙み潰したような顔で、

「なんにもめでたいことないわ」

「ほな、この三方に載せた参加料は一番になった唐墨屋さんに進呈いたします。この店への払いは、べべちゃになった弘法堂さんにお願いいたします」

「とほほほ……」

森右衛門はがっくりと肩を落とした。

「弘法堂さん、いつもすまんな」

「弘法堂さん、今日もごちそうさま」

「しかたおまへん。そういう決まりだすさかいな。つぎはええ怪談を仕込んで、取り返しますわ」

白髪の男が咳払いをして、

「高田屋さん、丸亀堂さん、唐墨屋さん、弘法堂さん、そして、世話役のわて坂城屋の五人でこの会を立ち上げて、今日でちょうど十五回目。七十五の怪談が語られたことになります。百話目になにかが起こるのか、なにも起こらんのか、それはわかりまへんが、来月の十六回目も皆さんよろしゅうお願い申し上げます」

坂城屋が手を叩くと、待ちかねていたように女中たちが膳を運んできた。刺身、焼きもの、煮もの、汁……山海の珍味が惜しげもなく使われた贅沢な料理で、値もかなり張るだろうと思われた。たくさんの行灯が灯され、さっきまでとは打って変わって座敷が昼のように明るくなった。そして、くだけた宴会がはじまった。

「唐墨屋さん、今日もええ話、聞かせていただいて、怪談を堪能しました。さあ、一杯……」

喉仏の突き出た男が唐墨屋の盃に酒を注いだ。

「おっとっと……これはおおきに」

「唐墨屋さん、いっぺんきこうと思てたのやけど……」

「なんだす、高田屋さん」

「この会は、怪談ゆうたかて作り話やのうて怪談実話だけをする集まりだすやろ。わても、毎月、ほうぼうを聞いて回って集めてますのやが、なかなかここで披露するにたるようなネタはおまへん。あんたはどないしてああいうすごいネタに出くわせますのや。こしらえもんならともかく、ほんまにあった話というのはそないに転がってるもんやおまへんで」

「ははは……さっきも言うたとおり、妖怪や幽霊が出る、と聞いたらすぐに駕籠を飛ばしてそこに出向き、なんぞ起こらんやろか、と夜中まで雨のなかを張り込んだり、あたりの住人に片っ端から話をきいたり、全国の知人に頼んで、地元で起きた怖い出来事を知らせてもろたりしとりますのや。まあ、皆さん方とは気合いの入れ方が違うとしか言いようがおまへんな」

「はあー、たいした入れ込み方やなあ。けど、毎回天に抜けはるさかい、参加料も総取りやし、ここの払いも弘法堂さんが持ってくださってますし、もとは取れてるのやおまへんか」

「もとが取れてるどころかお釣りがきてますわ。とくに弘法堂さんには毎度おごってもろて、申し訳ないと思とります」

「そやなあ、弘法堂さんはいつも、わてらにおごるために来てるようなもんだすさかいな」

弘法堂森右衛門はぶすっとした顔つきで、

「おごっとるわけやおまへん。べべちゃになったもんが払うというのが決まりやさかい、そうしとるだけだす」

「そうだすけどな……どう考えても、厠でいきんでる話ではあきまへんやろ」

「そらそやけど……そんな話しか身の回りにないさかいしゃあない」

「来月もまたよろしゅうお願いします。わてら、財布持たんと来てもよろしいかいな」

「アホなことを！　わしはあんたらの銭函やおまへんで！」

「ははは……まあまあ、そう怒らんと。一杯いきまひょ」

森右衛門はそっぽを向き、独酌で飲み続けた。

◇

「店の掃除ができてない！」

帰宅するなり、森右衛門は怒鳴った。

「このへん埃だらけやないか。お客さんから見える場所や。もっとしっかり掃除しなはれ」

番頭の伊平が、

「すんまへん。今朝、埃が溜まってるなあと思たさかい、丁稚に掃くように言いつけときましたのやが、ズルけたもんとみえます。明日はきっちり……」

「番頭どん、あんたがちゃんとしてないさかい丁稚が怠けるのや。それに『丁稚に言いつけた』とはどういうことや。店が汚れてるのがわかってたら、あんたが率先して掃除したらええやないか。ひと任せにするのは百年早いわ」

「す、すんまへん」

提灯持ちのお供をしていた鶴吉に亀吉が小声で、

「また負けたんか？」

「そや。あいかわらずのドベやったらしい。帰りの道も旦さん、文句言い通しやった。うるさかったわー」

「ドベのもんがその日の飲み食いの支払いもせなあかんのやろ？　参加料と合わせたらかなり手痛いで。お茶屋遊びより高うつく」

「意地になってはるのやろな」

「負けるとわかってるのに、なんで毎度毎度通うのやろ」

「唐墨屋の旦さんがかならず一番になるのが腹立つらしい。ほら、唐墨屋さんはうちと商い（あきない）が近いやろ？」

弘法堂は筆問屋だが、唐墨屋は墨や硯（すずり）、文鎮（ぶんちん）などを扱う問屋である。ほかの三人は、高田屋が生糸（きいと）問屋、丸亀堂が茶道具屋、坂城屋が呉服屋とばらばらだ。鶴吉は、

「唐墨屋の旦さん、それはそれはええネタを仕込んで、上手に話すらしい。旦さんの話によると、ほんまに怖いのやて。ところが旦さんのネタは……」

「ええ加減に、自分が怪談に向いてないゆうことを悟（さと）ったほうが身のためやな」

森右衛門は、

「こらっ、なにをごちゃごちゃ言うとる。丁稚は早（は）よ寝んかいな。――杢兵衛！」

「へえ、なんでおますやろ」

「おまえのせいで今日は大負けしたがな！　どないしてくれるのや！」

「そんなん知りまへんがな。わてはただ便秘してただけ……」

「やかましい！　イイイイイ……！　とにかく腹が立つ！　わしはもう寝ます！明日からしばらくみんなおやつは抜きや。わかったな！」

森右衛門は足音荒く奥へと消えていった。番頭の伊平は頭を抱え、

「あー、これでまた二、三日、旦さんの機嫌が悪いわ。ほんま、商いに差し障るさかい堪忍してほしいなあ……」

丁稚たちは顔を見合わせた。

◇

筆問屋弘法堂には亀吉、鶴吉、寅吉、梅吉……の四人の丁稚がいる。ひょうきんものでなんにでも首を突っ込む亀吉、頭のいい鶴吉、がっしりした体格の寅吉の三人が同い年で、梅吉だけが少し下だ。この四人と子守り奉公のおやえの五人は「丁稚同心組」という、わけのわからない集団を結成し、

「日夜、大坂の町の治安と平和のために活躍している（亀吉談）」

のだそうである。今日も今日とて、店の仕事をさぼり、五人は裏庭に集まってなにやら相談をしている。寅吉が得意先でもらってきた煎り豆をおやつにして、ぽりぽり食べながら、である。亀吉が、

「うちの旦さんが怪談噺の会で勝とうが負けようがどうでもええけど、旦さんの気ま

ぐれでおやつのふかし芋がなくなるのはかなわんなあ」

寅吉がため息をつき、

「お芋だけが唯一の人生の生きがいやったのに、なくなったらこの世は闇や」

亀吉が、

「どんな人生や。けど、なんとかその『百怪話を楽しむ会』で旦さんに勝ってもらう工夫はないやろか」

鶴吉が、

「わては毎度毎度お供させてもろてるけど、唐墨屋の旦さんのネタはかなり手ごわいみたいやで」

寅吉が、

「そないに怖いんかいな」

「わては旦さんからの又聞きやけどな、それでもビビるわ。昨日のおみくじの話なんか、帰り道に聞いて『ひえーっ』となったわ」

鶴吉は、森右衛門に聞いた唐墨屋の話を皆に語った。おやえが青い顔になり、

「怖いなあ。聞かんかったらよかったわ……」

寅吉も、

「血のついたおみくじなんか、見たら気絶しそうや」

鶴吉が、

「わてが話しても怖いやろ。うちの旦さんの便秘の話とえらい違いや。とにかくほんまにあった話やと思たらよけい怖いわ」

梅吉が、

「唐墨屋の旦さんもすごいなあ。毎月毎月、怖い出来事に出くわすやなんて……」

鶴吉が、

「そやねん。毎回、ちゃんと証拠を持ってきはるさかい、ほんまにあったことなんやろなあ。わてやったらおしっこちびるわ」

おやえが顔を赤らめて、

「鶴吉っとん、下品なこと言わんといて」

「ごめん……」

「けど、うちもやっぱりうちの旦さんにいっぺんぐらい勝ってほしいわ」

亀吉が、

「そやなあ。あんな禿げちゃびんの渋ちんのガミガミ屋でも、ええとこあるもんなあ……」

皆は下を向いてしばらく考え込んだ。そして、亀吉が顔を上げ、

「そや！　みんなで、怖い話を集めるねん」

「どうやって？」

「うーん、たとえば怖い噂(うわさ)のある場所にわざと行く、とか、お化けが出そうなところに夜中に行く、とか……」

鶴吉が、

「あのなあ、亀吉っとん、わてら怖がりやで。そんなところに行けるかいな」

亀吉は胸を張り、

「わてはかっこん先生と一緒に『妖怪図鑑』を出したほどのお化け好きやで！　そんなことでビビらへんわい！」

寅吉が鼻で笑って、

「ほー、そうかいな。こないだ夜中に飛び起きて、ひとつ目小僧にヘソなめられた夢見た、怖あて厠に行かれへんさかい、ついてきて……て泣いてたのはだれや」

「あ、ああ……あれは夢で不意打ちやったから、つい……」

おやえが、

「きのうも道の真ん中でじっと立ってるから、なにしてるんかな、思て見てたら、

蛙とにらめっこして汗かいてたやろ。蛙が行ってしもたら、『あー、怖かった』言うて歩き出したやないの。亀吉っとん、蛙が怖いのやろ」

「み、見てたんか。あれはやな、蛙にかぶりつかれるかと思たさかい……」

「蛙がかぶりつくかいな！」

皆はけらけら笑い、亀吉はひとり汗を拭った。鶴吉が、

「そや。わて、このまえお得意先で聞いたんやけど、茶牛山のなかに大きな石があって、お参りするひとも多いんやけど、それを動かしたらごっつい祟りがあるんやて」

寅吉が、

「へえ……なんていう石や？」

「えーと、たしか……夜泣き石やったかな」

おやえが、

「うわあ、なんか怖そう。どんな祟りがあるんやろ」

「さあ……そこまでは……」

鶴吉がそう言ったとき、

「こらあーっ！」

番頭伊平の雷が落ちた。

「おまえら、集まってなにを油売っとるのや。とっとと仕事せんかいな！」

寅吉が、

「すんまへん、ちょっとでも旦さんのお役に立ちたい、と思て、怖い話を集められへんか、と話してました」

「うーん、旦さんのことを考えるその気持ちはありがたいけど……それで、なんぞ怖い話はあったんか？」

「亀吉っとんが蛙が怖い、ゆう話と……あ、そや、鶴吉っとんが茶牛山の夜泣き石の話してました」

「夜泣き石やと？　聞いたことないなあ」

「茶牛山のどこかにあって、動かしたら祟りがあるそうでおます」

「ふーん……おまえら、かたがた言うとくけどな、お使いの途中で茶牛山のあたりを通りがかっても、ぜったいにその石探しにいったりすなよ。ましてや、見つけて動かしたりしたら承知せんからな。昔からの言い伝えには、なんぼかほんまのことが含まれてることが多いのや。遊び半分で妙な真似して、なにかあったら取り返しがつかんことになるのやで。ええな、動かしたらあかんで。とくに亀吉、おまえはぜったいするなよ」

「なんでわてだけが……」

「おまえは『ちょか』やさかい、そういうことをまっさきにやりそうやからや」

「そ、そんなことしまへんて」

「それやったらええけど……とにかくおまえら丁稚が旦さんのお道楽の心配せんでええ。早う仕事に戻りなはれ！」

「てなことがおましたんや……」

幸助の長屋で亀吉は今朝の話をしたあと、冷めた茶を一気飲みした。幸助は笑って、

「弘法堂の主もかなり暇のようだな」

「暇かどうかは知りまへんけどな、毎月毎月そんなしょうもない会に無駄遣いするお金があるんやったら、丁稚に小遣いのひとつもあげてほしいわ」

「しかし、本当にあったことに限る、というのはなかなかむずかしいな。その唐墨屋という御仁は、いくら知り合いが多いとしても、怖い出来事などそうめったに起こるものではない。毎月毎月いいネタに出くわすというのは、よほど運がいいとしか言いようがないな」

そう言ったあと幸助は腕組みをして、

「おまえが今言ったイノシシに復讐された猟師の話だがな……」

「ようできてまっしゃろ。一番になるのもわかりますわ」

「そこだ」

「――え？」

「たしかに怖い話だが、よくできすぎている。本当に起きる怖い出来事というのは、どこか辻褄が合わぬことが含まれているものだ。だが、今の話は、みくじを引いて凶が出たことや、猟師の身体が子ジシの数だけばらばらにされていたことなど、平仄が合いすぎている。こしらえごとの臭いがするな」

「けど、いつもお供していく鶴吉っとんの話によると、ちゃんと毎回証拠の品を持ってきはるさかい信用せなしゃあないらしい」

「ふーむ、そうか……」

「このままやったら来月もまた唐墨屋の旦さんの勝ちだすやろな。なーんか悔しいなあ」

「おまえたち丁稚が、よいネタを探したらどうだ」

「それがその……」

亀吉は、鶴吉が言った「夜泣き石」の話をした。

「夜泣き石？　俺は茶牛山にはときどき行くが、そんな石の話、耳にしたことはないな」

「知るひとぞ知る、ゆうやつだすやろか」

「うーむ……だが、番頭の言うように、それにちょっかいを出すのはやめた方がよいな」

「なんでだす？」

「おまえは『稲生物怪録』というのを知っているか」

「イノウモノノケロク？　知りまへん。早口言葉だすか？」

「そうではない。昔、備後の国に稲生平太郎という十六歳の武士がいた。彼は、肝試しのためにある山に登り、そこにあった『祟り岩』に木札を結びつけて証拠にした。その岩は、触ったら即死、指差しただけでも血を吐くという恐ろしいものだ」

「えげつないなあ。そのあとなにか祟りがおましたんか」

「あったどころではない。それから二カ月経ったある夜、平太郎のところに毛むくじゃらの大男が現れて、平太郎をわしづかみにした」

「ひょえーっ」

「つぎの日は火が燃え上がったり、臭い水で床が水浸しになったりした。三日目には、天井から女の生首が下りてきたり、ヒョウタンがたくさん降ってきたりした。その後も、足の生えた大石、老婆の大首、無数の赤ん坊、馬鹿でかいヒキガエル……などがつぎつぎと現れた」

「うわあ、ヒキガエルは嫌やなあ……。それがいつまで続きましたんや」

「なんと三十日だ」

「よう辛抱しましたな」

「平太郎の豪胆さはただごとではないな。ほかのものならとうに引っ越しておるだろう。三十日目に、魔物の大将で山本五郎左衛門という武士姿のものが現れ、平太郎の勇気を褒めると、配下の妖怪どもを引き連れて去っていったという」

「怖いなあ。けど、ただの作り話だすやろ」

「ところがこれが実話ということになっておる」

「そんなアホな……」

「どうだ、祟りのある岩に札をかけただけで、ひと月も妖怪に毎日襲われるのだ。その夜泣き石とやらを動かしたりしたら、なにがあるかわからぬぞ。ぜったいにやめておけ。わかったな！」

「へ、へえ……」

亀吉は下を向いて小さくうなずき、幸助はにやりと笑った。

「亀吉！　亀吉はどこや」

番頭の伊平が大声を出している。亀吉は廊下の端で手を振って、

「亀吉はここだっせー」

「アホーッ！　自分の居場所を言うてどないするのや！」

「けど、亀吉はどこや、て言うさかい、ここや、て……」

「すぐに飛んでこい、ということや」

「なんぞご用だすか」

「あたりまえやろ。用があるから呼んだのや。お使いに行てきましょ」

「はあー……」

「なんやねん、その『はあー……』ゆうため息は」

「なんでもおまへん。ただ、またお使いか、と思いまして」

「丁稚がお使いに行くのはあたりまえやろ。すぐに天王寺の伯耆屋さんまでこの手紙届けといで」

「えーっ、もう夕方だっせ。今から天王寺まで行ったら、帰りは夜だすがな。晩ご飯はどないなりまんねん、晩ご飯は」

「ちゃんととっといたるから心配せんと行きなはれ」

「そんなん言われたかて信用でけまへん。まえも、おんなじように『とっといたるさかい心配すな』て言われて、帰ってきたらおもよどんが『ごめん、あんたがおらんのコロッと忘れてて、みな食べてしもた。今日のところは堪忍しとお』……あのときは目の前が真っ暗になりました」

「大げさに言うな。今日はわてが請け合う。早う行っといで」

「頼んまっせ。もし、今日帰って、ご飯がなかったら化けて出る」

「アホか！　おまえが化けて出ても怪談になるかいな。落とし噺にしかならんわ。――せやけど、ひとつ言うとくぞ。天王寺は茶牛山に近いけど行ったらあかんで」

「なんで茶牛山なんかに行かなあきまへんねん」

「夜泣き石を見るためや。おまえはそういうことをやりがちやさかいな」

「番頭さん、わてはそんなアホやおまへんで。夜泣き石を動かすとかそんな洒落（しゃれ）になならんようなことしますかいな。ちゃーんとわきまえてます」

「ほう、えらいな。どういうことや」

「知りまへんのか、イノウモノノケロク」

「なんじゃ、そら」

「へへへへ……ちょっと教養のある丁稚でないと知らんことでおます。番頭さんごときではなかなか……」

「いつまでもおとなぶりしてたら、おけつ蹴（け）り上げるで！」

「ふわーい」

亀吉はお尻を両手で押さえながら店から走り出た。

◇

そんなこんなで亀吉は天王寺にお使いに行った。用件はすぐに済んだので帰ろうとしたが、ふと思い出して、伯耆屋の番頭にたずねた。

「茶牛山に夜泣き石ゆうのがおますか？」

「夜泣き石？　聞いたことないなあ。それがどないかしたか」

「動かしたら祟りがある、ゆうて聞きましたのや」

「ははあ……あれかもしれんな。茶牛山の頂上に森があって、そのなかに大きな石があるのや。注連縄が張ってあって、ときどき参詣してるひともおるさかい、それやないかいな」

「わあ……きっとそれだすわ。ええこと聞いた。おおきに」

亀吉は店を出た。伯耆屋から茶牛山はすぐの場所にある。茶牛山は「山」というにはあまりに低いが山は山である。亀吉は、横目でちら、と茶牛山を見上げたが、

（いたらあかん。かっこん先生も番頭さんも言うてはった。いらんことはせん方がええねん……）

そう思って、通り過ぎようとした。

（けど……待てよ。かっこん先生はあんなこと言うてはったけど、石動かしたぐらいでほんまに怖いことなんか起きるやろか……）

亀吉のなかに、「試してみたい……！」という気持ちがむらむら湧き上がってきた。

（うーん……たぶんなにも起こらへん。そしたらそれでええやんか。万が一、なにか起こったら、そのときは旦さんにええネタをお渡しする、ゆうことになる。どっちに

転んでも、悪うはならんのでは……）

亀吉の足はふらふらと茶牛山に向かっていた。すでに夕方である。

（あー、おなかぺこぺこや。なんぼ低い山やゆうたかて登り切れるやろか……）

見れば、けっこう急な山道である。

（提灯も持ってないし……やめとこか……やっぱり行こか……やめとこか……）

そんなことを思いながらも亀吉は山を登っていく。時刻が遅いので、さすがにだれもいない。とぼとぼ歩いているうちに、森に出た。山道は森のなかに続いている。

（うわあ……気色悪いなあ……）

亀吉はなおも登り続ける。足が落ち葉を踏みしめるかさかさという音だけが響く。だんだん暗くなってきた。

（石なんかないがな。そろそろ引き返した方が……）

亀吉がそう思った瞬間、黒い影がぬぼーっと目のまえに立ちはだかった。

「ぶわあっ」

亀吉はひっくり返りそうになったが、かろうじて踏みとどまった。そこに立っていたのは長い白髪を後ろで束ね、杖をついたよれよれのジジイだった。顔には無数の皺が寄り、腰は直角に曲がっている。あばらが浮くほど痩せており、どう見てもただものではない。

「あ、あんた……物の怪か？」

老人は自分の着物の裾をまくり上げると、太ももを剝き出しにして、そこをじっと見つめた。亀吉が不気味そうに老人の行動を見つめていると、

「腿の毛か、て言うけど、わし、腿に毛なんか生えてないで」

亀吉はずっこけた。

「なに言うてんねん。――妖怪か？」

「用ないか、てあんたから声かけてきたのやろ。わしはあんたに用はないで」

「ちがう！　化けものか、てきいとんねん！」

「あっはっはっは……わしは人間じゃ」

亀吉は胸を撫でおろした。

「それやったらききたいんやけど……このへんに、動かしたらバチが当たる、ゆう石ないか？」

「はあ？　なんやて？」

「バチが当たる石ないか？」

「太鼓かいな」

「ちがうちがう。石や。夜泣き石」

「ああ……それやったら……」

老人は正面にある森の方を向いて、

「死の……恨み……」

「えっ……？」

「祟りや」

「今なんて……」

「報いや……ふふふふ……呪い……気ぃつけよ……」

亀吉は震え上がった。両手で老人を押しのけると、でたらめに進んだ。日が落ちたうえ、鬱蒼とした木々に囲まれているため、視界が利かない。自分がどこに向かっているのかすらわからなくなった。亀吉が泣きそうになったとき、月がぽかりと空に浮かんだ。周囲はかなり明るくなり、亀吉は少し勇気が出てきた。目のまえに大きな椎の木が生えている。それを目指して、なおも歩いていくと、

「あっ……」

椎の木の裏側に高さ三尺（約九十センチ）ほどの石があった。擦り切れた注連縄が張られている。表面になにか文字が刻まれているが、摩耗していて、「よ○きいし」

めた。

近づいて、しげしげと石を見つめる。手を伸ばしたが、思わずびくっとして引っ込
（これか……）

としか読めない。

（触っただけで即死……）

幸助に聞いた『稲生物怪録』の言葉が頭に浮かんだ。

（あかんあかん……触ったらあかん……）

とは思ったものの、

（待てよ……。夜泣き石ゆうぐらいやから、夜中に泣き声を上げるだけかも……それやったらたいしたことないけどなあ……）

亀吉はもう一度じっと石を眺めた。そして、思い切って右手で石の表面を撫でてみた。ざらっ、という感触。

「ひえっ……！」

亀吉は飛び退いたが、なにも起きない。

「なんや、なんにも起きへんがな」

声に出して言う。

「とうとう触ってしもた。こうなったらヤケクソや」

亀吉は今度は石のうえに手を当てた。なんだかちょっと生暖かいような気がした。両手で石をつかみ、ぐっと持ち上げてみる。

「あっ……！」

右手で摑んだ部分の石がもろくなっていたらしく、ごっそり欠けたのだ。そして、その拍子に石全体がぐらりと動いた。あわてた亀吉は石を必死で支えた。石は少し傾いたが、そのまま倒れることなく静止した。しかし、注連縄が切れて、地面に落ちてしまった。亀吉は大汗をかいていた。

「知ーらんで知ーらんで……」

亀吉は小声で歌いながら、その場を離れ、転がるようにして山を下りていった。その心のなかは、

（やってしもたー……）

という言葉がぐるぐる回っていた。

◇

弘法堂の戸は閉まっていた。亀吉はかまわずばんばん叩いた。くぐりが開き、寅吉が顔を出した。

「遅かったな。――どないしたんや、亀吉っとん。泣いてるやないか」

「こ、こ、怖かったーっ！」

亀吉は店に入り、くぐり戸を閉めて、その場にしゃがみ込んだ。皆が集まってきた。

「亀吉、なにがあったんや！」

「隣町の犬に追いかけられたんか？」

「カラスにつつかれたんやろ」

「どぶ板踏みぬいたんとちがうか」

亀吉は泣きながらかぶりを振り、

「夜泣き石……動かしてしもた！」

「な、なんやと……？」

奥から番頭の伊平が現れた。

「おまえ、茶牛山に行ったんか!」

「すんまへん……つい……」

「あれほど行くなて言うとったのに……アホ!　ドアホ!」

「もうしまへん。怖かった……」

亀吉は、伯耆屋で茶牛山にある石のことを聞き、好奇心に負けて山を登ったこと、奇怪な老人が現れ、「死の恨み」とか「祟り」「報い」「呪い」といった忌まわしい言葉を口にしたこと、そのあと夜泣き石を見つけ、思わず触ってしまったこと、石が倒れそうになったので、なんとか押しとどめ、そのまま帰ってきてしまったこと……などを話した。手代のひとりが、

「えらいことしよったなあ。なにもなかったらええけど……」

女子衆のおもよが、

「その爺さん、怪しいな。人間や、て言うたかもしらんけど、自分の腿を見せるやなんておかしいことない?」

亀吉がハッとして、

「そういえば、『百々爺』というジジイの恰好した妖怪がいて、それに行き会うたら病気になる、て妖怪図鑑に書いてあった……。もしかしたら腿を見せたのは、あの爺

さん、百々爺やったのかも……」

亀吉は真っ青になった。伊平が、

「大人の言うこときかんさかいや。今日はもう寝なさい」

「な、なにを言うてはりますのや！　まだ晩ご飯食べさせてもろてまへん！」

「もうええやないか。食欲もないやろ」

「おますおます！　食べまっせ！　おもよどん、ご膳の支度たのんます！」

亀吉は自分の箱膳に覆いかぶさるようにして、冷や飯に冷えた味噌汁をぶっかけ、がつがつと八杯平らげた。

その日の真夜中ごろである。丁稚、手代たちはいつものとおり大部屋で雑魚寝をしていた。明け六つ（午前六時頃）には店を開けねばならないから、丁稚たちが起きて、朝飯を食い、開店の支度をするのはまだ暗いうちである。そのあとも一日中コマネズミのように働いて、ときには夜なべもある。寝ているときだけが丁稚たちにとっての休息なのである。

その部屋の襖が音もなくすーっと開いた。黒い影が入ってきた。しかし、だれも気付かない。やがて、その影は寝ている亀吉にそっと近づき、頰になにかを押しあてた。亀吉は最初、むにゃむにゃ寝言を言いながら手でそれを払いのけようとしていたが、そのうちに「どうもおかしい」と気づいたらしく、目を開けた。頬に、冷たくてぶよぶよした感触。

「ひっ……」

起き上がろうとした亀吉がその「なにか」をぎゅっと摑むと、

「げこ……」

とそれは鳴いた。亀吉が持っているのは大きなヒキガエルだった。つぎの瞬間、亀吉の目のまえを、青い陰火が斜めに横切った。

「ふぎゃあああああっ」

絶叫しながら、蛙を摑んだまま亀吉はどたばたと部屋を走り回った。寝ていた手代や丁稚たちは亀吉に踏まれて、目を覚ました。

「やかましい!」

「痛いねん! なにしとんねん、亀吉!」

だれかが行灯の明かりを点けた。亀吉がぶるぶる震えながら、

「ひ、ひ……」

「ヒキガエルか?」

「ち、ちがう。火の玉が……」

「そんなもんどこにもないやないか」

　伊平が部屋に入ってきて、

「なんや、騒々しい！　奥に聞こえるやないか！」

「けど……火の玉が……」

「アホやな。おまえ、夕方、夜泣き石を動かしてしもて、怖い怖いて思とるから、夢見たのや。怪しいことなんか起きへんさかい、安心して寝なはれ」

　そのとき、亀吉の足もとからヒキガエルがぴょんと跳んだ。

「ほな、この蛙は……」

「中庭には池があるのや。蛙なんか、どこからでも入ってくるやないか。とにかく皆、寝なはれ！」

　皆は亀吉にぶつぶつ言いながらもふたたび眠った。

　しかし、怪異はこれだけでは終わらなかった。翌日の夜のこと、亀吉は晩ご飯のときに塩辛い味噌汁を何杯も飲んだので喉が渇き、食後に水をがぶ飲みした。そのせいか、おしっこに行きたくなって目が覚めた。奉公人用の厠は中庭にある。

（嫌やなあ、怖いなあ、また昨日みたいになにかあったらどないしょ……）

　だが、いつまでも我慢しているわけにはいかない。布団やお仕着せを濡らしたら、それこそ大目玉を食らう。亀吉は思い切って起き上がった。皆を起こさないようにして抜き足差し足廊下に出ると、燭台を持ち、庭下駄を履いて庭におりる。池を回って厠にたどりつく。

（ああ、これでお漏らしせんですんだ……）

ホッとして戸を開けたとき、なかからひと抱えもあるような、白いものが飛び出してきた。顔だ。巨大な老婆の顔が亀吉に向かって突進してきた。

「ひえっ、ひえっ、ひえっ、ひえっ、ひえええええっ」

亀吉は厠のまえで卒倒した。

「これ、亀吉！　亀吉！　起きんかい！」

遠くから聞こえる声にうっすら目を開けると、のぞき込んでいるのは伊平だった。まわりには丁稚仲間たちの顔もあった。

「わて……どないなったんやろ……」

伊平が、

「庭から悲鳴が聞こえたんで駆けつけたら、おまえがここで倒れてたのや」

おやえが心配そうに、

「大丈夫？　頭打ってない？」

「大丈夫や……と思うけど……」

途端、あの老婆の顔を思い出した。

「顔や！　顔っ！　かおっかおっかおっかおっ……」

伊平が、

「顔てなんのことや？」

「顔だす。大きな大きなおばんの顔が、厠から飛び出してきましたんや」

皆は笑った。伊平が厠のなかに入り、

「そんなもん、どこにもないやないか」

寅吉が、

「また夢か。ええ加減にしてくれ」

「ち、ちがう、ほんまにお婆の顔が……」

亀吉は、『稲生物怪録』のことを思い出し、そこで口を閉ざした。おやえが、

「亀吉っとん、なんか着物、濡れてへん？」

「え……？」

おやえが「きゃーっ！」と叫び、全員が後ろに飛び下がったのは言うまでもない。

◇

「亀吉が夜泣き石を動かしたらその日から怪しいことが……？　ほ、ほんまか！」

弘法堂森右衛門は番頭に向かって大声で言った。

「へえ、寝床にヒキガエルが入ってきたり、火の玉が飛んだり、厠から大きなおばんの顔が出てきたり……」

「それはありがたい！　今度の会はわしのいただきや！　詳しゅう教えてくれ」

「けど、それを見たもんは今のところ亀吉だけですねん」

「よし、わしも今夜から亀吉と一緒に寝るわ」

「そ、そんな……旦さんが丁稚と寝るやなんて……それでは奉公人に示しがつきまへん」

「示しもシメジもどうでもええ。わしもこの目でおばんの顔を見たい」

「はあ……」

そういうわけで、その日から森右衛門は亀吉の寝床の横に布団を敷いて寝ることになった。亀吉は、

「寝にくいなあ……」

と文句を言っていたが、そのうちにくーくーと寝てしまった。森右衛門は天井を向いて、両目をカッと見開き、なにか起こらぬか耳を澄ましていたが、結局なにも起きなかった。

「なにも出んかったぞ。話が違うやないか」

森右衛門は亀吉にそう言ったが、

「わてに言われても……。そういうことは化けもんに言うとくなはれ」

もっともな意見である。森右衛門は五日間亀吉に添い寝をしたが、怪しい魔性のものは現れなかった。しかたなく森右衛門は六日目に自分の寝所に戻ったが、その夜、またしても怪異が亀吉を襲った。白河夜船（しらかわよふね）でぐっすり眠っていた亀吉のうえに、なにか固いものがばらばらと大量に降ってきたのだ。

「痛い痛いっ！」

亀吉は目を覚まし、おでこや顔をさすりながら行灯をつけた。妙に丸っこいものが手に触った。

「な、なんやこれ……」

手に取ってみると、それはヒョウタンだった。しかも、ヒョウタンの上部は赤ん坊の顔になっていた。

（たしか『稲生物怪録』にも……）

そう思ったとき、

「おぎゃあ、おぎゃあ、おぎゃあ……」

どこからともなく赤ん坊の泣き声が聞こえた。

「うぎゃあああああっ！」

ヒョウタンを放り出し、絶叫しながら部屋から飛び出した亀吉は、廊下でだれかにぶつかった。

「あ、旦さん……」

「おお、亀吉、なんぞあったか」

「へえ、ヒョウタンがぎょうさん降ってきました。それに顔がついてて……」

「なんやて」

ふたりは部屋に戻った。すでに伊平が来ていて、

「亀吉……それに旦さんまで……どうなさいました」

「なにかあったらすぐにすっ飛んでいこうと思て、寝間のなかでずっと聞き耳立ててたんや。そしたら、亀吉の悲鳴が聞こえてな、赤ん坊の顔がついたヒョウタンが降っ

てきた、て言うんであわてて来てみたのや」

「そうでしたか。けど……そんなもんどこにもおまへんで」

たしかに部屋のなかにはヒョウタンなど見あたらない。

「おまえら、ヒョウタン見たか？」

伊平が手代や丁稚たちにきいたが、全員かぶりを振った。皆、亀吉の絶叫で目を覚ました、というのだ。森右衛門は腕組みをして、

「うーん、わしがおると出てこんということは、化けものの狙いは亀吉ひとりということやな」

「嫌や嫌やそんなん！」

亀吉は泣きながら言った。伊平が、

「旦さん、これで怪談のネタは十分仕入れられたのとちがいますか」

「ありがたい。つぎはわしの勝ちや！　あはははは……とうとうこの日が来たか！」

森右衛門はキッと亀吉を見ると、

「けど、わしもその化けものを見てみたい。――亀吉、おまえ、明日、わしと茶牛山に行け」

「な、なんでですか？」

「おまえが夜泣き石を動かしたさかい、おまえのところにしか化けものは出てこん。わしがその石に触ったらわしのところにも物の怪が出てくれるやろ」

伊平があわてた様子で、

「旦さん、そこまでせんかて……」

「その夜泣き石とやらを自分の目で見ておかんと話がしにくい。それに、亀吉の話だけでは証拠がない」

「ほんまに起きたことやさかい、かまへんのとちがいますか」

「唐墨屋のことや。なんのかんのといちゃもんをつけてくると思う。できれば、その石の拓本（たくほん）ぐらいは取って、持っていかんとなあ。あと、亀吉が会（お）うたという老人にも会うて、話を聞いてみたい」

亀吉が震えながら、

「わ、わて、またあの山に行くの嫌だす。あの百々爺にも会いとうおまへん」

「あかん。おまえは自分がしでかしたことの責任を取れ」

「ひえーっ」

すると、寅吉、鶴吉、梅吉たちが口々に、

「亀吉っとん、心配いらん。わてらも一緒についていったる」

「みんな……！」

亀吉は泣きそうになった。伊平が苦い顔をして、

「アホ！　店はどうするのや。――行くのやったら亀吉ひとりや」

亀吉はまた泣きそうになった。

翌日の昼過ぎ、森右衛門と亀吉が茶牛山に出かけたあと、鶴吉は番頭からお使いを言いつけられ、桜川にある得意先に向かった。店から桜川まではかなりの道のりで、相手先からの返事を待っているあいだに夕方になってしまった。帰りみち、鶴吉は赤手拭稲荷のまえを通りかかった。

（ちょっとだけ休んでいこか……）

境内に入ると、参詣人はまばらで、近所の子どもらしい四、五人が鬼ごとをして遊んでいるだけだった。鶴吉は一応、手水で手を清め、口をすすいだあと、社殿に行って柏手を打った。賽銭は入れない。

（すんまへん、神さま、丁稚の身のうえでお金がおまへんのや。賽銭はお金持ちから

もろとくなはれ……）

そのあと、本殿の裏側に広がる鎮守の森をぶらぶらしていると、手に紙袋を持ち、頬かむりをした背の高い男が少しまえをこそこそと歩いているのが見えた。前後左右にやたらと気を配っているようだ。男は、後ろにだれかいることに気づくと立ち止まり、鶴吉をやり過ごした。そのとき、頬かむりに隠した顔がちらと見えた。

（極堂白發や……）

以前、森右衛門のお供をして天満の寄席に行ったときに前座で出ていた講釈師である。白發の師匠南發は怪談を得意とするいわゆる怪談師だそうで、そのときは白發も怪談を語っていた。

（なんか変やな……）

その挙動になんとなく怪しいものを感じた鶴吉は、

（わても「丁稚同心組」の一員や。ちょっと手柄を立てて、亀吉っとんをびっくりさせたろ……）

そう思って、白發を追い抜いたあと、少し離れたところにある茂みに身を隠した。白發は、安心したのか、大きな杉の木の裏に入り込んだ。しばらくすると、コツコツコツコツ……というキツツキが木を叩くような音が聞こえてきた。

（なにしてるんやろ……）

鶴吉は、亀吉の「夜泣き石」のことを思い出して、ちょっとだけ怖くなったが、それでも我慢して、じっと見張りを続けた。男はすぐに姿を現したが、紙袋は小さく折り畳まれている。白發は左右を見て、だれもいないことを確かめ、姿を消した。

（なにしてたんやろ。立小便やろか……）

杉の木のところに行こうとした鶴吉だったが、まえから商人風の男がふたり、近づいてくるのに気づき、ふたたび茂みに戻った。鶴吉はそのうちのひとりの顔に見覚えがあった。

（唐墨屋の旦さんや……！　こんな時刻にこんなところでなにしてはるのやろ……）

唐墨屋章太郎は連れの男に、

「わてはこちらの神社のたたずまいが好きでしてな、たまにこうしてだれかを誘って参詣に来ますのや」

「そうだすか。お誘いありがとうさんでおます。けど、わてはそんな信心（しんじん）の気持ちはおまへん。このあと、唐墨屋さんにお酒をおごっていただくのが楽しみで……」

「ははは……牛にひかれて善光寺参り。それもまた信心のきっかけだすがな」

にこやかに話をしていた唐墨屋だが、急に顔を引き締め、

「あれ？　妙やな……」

そうつぶやいた。

「なんぞおましたか」

「あれだす。見えまへんか」

唐墨屋は杉の木の後ろに回り、しばらくするとなにかを手にしてふたたび現れた。

「そ、それは……」

連れの男は血相を変えた。唐墨屋の持っているものは藁人形だったのだ。しかも、胸のあたりに五寸釘が刺さっている。

「牛にひかれて、どころか、丑の刻参りや。これを見とくなはれ。ここに『上尾』と書いた紙が挟まってます。おそらく上尾なにがしという侍かなにかだすやろ。そいつにだまされて、捨てられた……とかそういういさかいごととちがいますやろか。これはえらいもんを見つけてしもた」

唐墨屋はそう言いながら、藁人形を元通りに木の幹に打ち付けた。

「どないするつもりだす？」

「今夜からここに張り込んで、やってるもんをつきとめます。丑の刻参りは七日間で大願成就やさかい、毎晩来るはずや」

「そんな危ないこと……」

「いや、だれかが呪われてますのや。なんとかして止めんとあかん」

「お上に任せた方がええのとちがいますか。それか、ここの宮司にでも……」

「役人がこんなこと真面目に相手しますかいな。宮司も尻込みしよるやろ。——鳴滝屋さん、あんた、わてがここでこの藁人形を見つけた、ゆうことの証人になってくれはりますか」

「へえ……よろしいけど……なんでそんなもんがいりますのや」

「わてがでっちあげたこしらえごとや、と思われたら困りますさかいな。——すんまへんけど、今日は鳴滝屋さんと料理屋にでも、と思うてましたが、事情が変わりましたので、お酒はまたつぎの機会ということで……」

「へえへえ、わてもこういうもんを見てしもたら、陽気に騒ぐ気にはなりまへんわ。また今度お誘いください」

ふたりは去っていった。鶴吉は茂みから這い出すと、

(おかしいな……どう考えても藁人形は女子やのうて、極堂白發が置いたのや。それに、唐墨屋の旦さんの場所からは、杉の木の裏まで見えるはずがないのになあ……。まるで……まるでそこに藁人形があることを知ってたみたいや……)

鶴吉は首を傾げた。

◇

「どこや。どこにその石がおますのや」

森右衛門は杖にすがって山道を登りながら、亀吉に言った。

「さあ……たぶんこっちやったと思いますけどなあ……」

亀吉は汗を拭き拭き、前後を見た。

「このあたりのような気もするし……違うような気もするし……あっちやったような気もするし、こっちやったような気もするし……」

「おまえなあ、なんでもっとちゃんと覚えとかんのや！」

「そんなこと言われても、あのときは暗かったし……あーっ！」

亀吉は大声を出した。

「これだす！　この石だす！」

亀吉は椎の木の裏を指差した。そこにはたしかにひとつの石碑のようなものがあった。森右衛門が駆け寄ると、表面に彫られた文字は「よ◯きいし」と読めた。右うえのあたりが欠けているのは、亀吉がもぎ取った跡かと思われた。

「ほんまや……ほんまにあったのやなあ……。見てると背筋が寒うなるようや」

森右衛門はうっとりしてその石を眺めていたが、やがて意を決したように両腕を広げ、がっし、と石を抱きしめた。

「だ、旦さん、無茶だっせ……！」

「ふふふふふ……これでわしもおまえとおんなじ罰当たりになった。わしのところにも化けもんが出てくるはずや」

森右衛門はしばらくその石を撫でまわしていたが、

「おまえの言うてたとおりや。なんか、ぼんやり温いような気ぃするな」

「そうだすやろ」

亀吉がそう応えたとき、

「こないだの丁稚さんやないかいな」

突然、地面から湧いて出たようにひとりの老人が現れた。

「あっ、百々爺！」

「だれが百々爺や。こないだの失礼な子どもやな。また来たのか」

「今日はうちの旦さん連れてきた。この石のことをいろいろ教えてほしいねん」

「この石のこと……？　なんにも言うことないなあ」

森右衛門が、

「この子がこれを動かしてからうちにしょっちゅう妖怪が出るようになったのや。きっと恐ろしい曰く因縁があると思う。それを教えてくれ」

「この石に曰く因縁なんかないと思うで」

「あんたはこの石の番人やろ？」

「番人でもなんでもない。すぐそこにある山小屋に住んでる木こりの勘蔵ゆうもんや。寄る年波で力仕事ができんようになってからは、そこらの山芋掘って、それを売って細々と暮らしてるただのジジイじゃ」

亀吉が、

「そんなはずない。あんた、わてに『死の恨み』とか『祟りや』とか『報い』『呪い』『気ぃつけよ』とか言うてたやないか」

「はあ？　そんなこと言うた覚えないで。わしは、あんたが石の場所をたずねたさかい、『椎の裏のあたり』や、と言うたのじゃ」

「椎の裏のあたり？　死の恨みの祟りとちがうのか」

「そんな怖いこと言うかいな。それで、石がもろくなってて危ないさかい、それも教えたと思う」

「石の呪い……やのうて、石がもろい……」

「この石、なんでかわからんけど、ちょっと温いさかい、そのことも言うたで」

「石の報い……やのうて、石が温い……。全部わての聞き間違いかいな！」

亀吉は呆然(ぼうぜん)とした。森右衛門が、

「けど、この石の名前は『夜泣き石』やろ。夜中に旅人が通りかかったら泣き声を上げたりするのとちがうのか」

「ははははは……これは『夜泣き石』やない。『弱気石』や。低い山やとなめて登ってきたものの、このあたりまで来たら、案外、険(けわ)しい山道やさかい、そろそろ引き返そうかいな……と弱気になるから、昔からそう呼ばれとるそうな」

森右衛門と亀吉はひっくり返りそうになった。

ふたりが弘法堂に帰りつくと、伊平が鶴吉となにやら重苦しい顔つきで話し合っているところだった。森右衛門に気づくと伊平は立ち上がり、

「旦さん、お帰りやす。夜泣き石はいかがでおましたか」

「そんなことより、番頭どん、あんたにききたいことがある」

「へ、へえ……なんだすやろ」

「あんた、わしになんぞ隠してるのやないか？」

伊平はぎくりとして、

「とおっしゃいますと……」

「茶牛山に行ってみたけど、夜泣き石やと思てたものは『弱気石』やったし、妖怪みたいな爺さんはただの木こりやった。あんな石触ったかて、物の怪なんぞ出るはずがない。それやのに、亀吉が山から帰ってきた途端、毎晩のように物の怪が出た。これはどういうことや」

「わ、わ、わてが旦さんに隠しごとやなんて、そんなこと……」

「してないのか」

「いや、しました」

「なんじゃ、そら」

伊平は両手を突いて、

「すんまへん！　旦さんが唐墨屋の旦さんに毎度負けてはるのを見て、わても悔しゅうてたまらず、ついつい化けものを作ってしまいました。かっこん先生のところに相談に行ったら、『稲生物怪録』のことを教えてくれはったんだす」

「やっぱりそうか。ヒキガエルはわかるけど、おばんの顔はどないしたのや」

「ハリボテでこしらえました。ヒョウタンは全部紐をつけといて、亀吉が廊下に出た隙に引っ張って隠しました。陰火は、焼酎を染み込ませた紙を釣り竿にぶら下げて火いつけました」

「赤ん坊の泣き声もあんたか」

「へえ……」

「なかなか達者やなあ……」

亀吉が、

「けど、わてが茶牛山に行く、てようわかりはりましたな」

「おまえは、馬の尾を抜いたらあかんぞ、蹴られるさかい、と言うたら抜く、唐辛子は辛いからかじるなと言うたらかじってのたうち回る……そういうやつや。茶牛山に行ったらあかんぞ、と言うたら行くやろ、と思たのや」

「うわっ、読まれてる……」

伊平は森右衛門に向かって、

「わが主をたばかるような真似をしてすんまへんでした。今日限りお暇をちょうだいしたいと思います」

「ははは……なにを言うのや、番頭どん。あんたはわしにとってなくてはならぬおひとや。あんたさえよければ、この先もずっとうちで働いてもらいます。なんというても、わしのことを思うてしてくれたことや。ありがたいと思てます」

「旦さん……」

「まあ、今度の会は今日のことを話さにゃしょうがないな。怪談というより、また笑い話になってしまうけど……」

「旦さん、そのことだすけどな、今、鶴吉から聞いた妙な話がおますのや」

そう前置きして、伊平は話し始めた。

ろうそくの炎がゆーらゆーらと揺れている。座っている五人の影も揺れている。

「あっはっはっは……さすが弘法堂さん、見事な落とし噺、いや、怪談でおました」

坂城屋の主が言った。丸亀堂の主も、

「近頃こんなに笑うた話はおまへん。せやけど、弘法堂さんは主人思いのええ番頭がいて幸せやなあ」

高田屋の主も、

「ほんまや。ハリボテでおばんの顔をこしらえるやなんて、なかなか忠義な番頭だすな」

森右衛門は頭を掻いた。坂城屋が、

「ほな、最後は唐墨屋さんだすな。今晩も怖いやつを頼みまっせ」

「へえ、今日はわて自身が体験した話をさせてもらいます」

唐墨屋章太郎は眼鏡の位置をきゅっと直してから、

「こないだの夕方、順慶町で貸本屋をしてはる鳴滝屋さんのご主人と一緒に赤手拭稲荷に参詣しましたのや。終わったら飲みに行く、ゆう約束でな。ところが、鎮守の森をぶらぶら歩いてるとき、わてがとんでもないものを見つけてしまいましたのや」

「ほう……それはどういう……」

「藁人形が五寸釘で木の裏側に打ち付けてありましたのや。紙が挟んであって、『上尾』という名前が書いてありました」

「うわあ……丑の刻参りやがな……」

坂城屋がつぶやいた。唐墨屋はニタリと笑い、

「正直言うて、これはこの会のええネタになる、と思いましてな、鳴滝屋さんには無理言うて帰ってもろて、わてはちょっと離れたところに隠れて様子を見てましたのや」

弘法堂の森右衛門が、

「杉の木の裏に打ち付けてあるのに、よう見つけはりましたなあ」

「そ、それはわては目ざといさかいな、ちらっと藁が目に入りましたのや」

「そうだすか」

「日も暮れて夜が更けていきましたが、わてはその場を離れませんでした。夜風が吹き始めて、深々と寒さが増してきましてな、ものすごい雰囲気になってきた。というて、提灯に火ぃ点けるわけにもいかん。さすがのわても、もう帰ろかな、と思い始めた頃……ちょうど丑三つの時分だした」

だれかがゴクリと唾を飲む音が聞こえた。

「向こうの方から、白い着物を着た女子がふらり、ふらりとこっちに近づいてきますのや。顔を白う塗って、ろうそくを立てた五徳を逆さまにかぶり、一本歯の下駄を履

いとる。これは間違いなく丑の刻参りやと思て、なおも様子を窺うてますと、その女、木槌を取り出し、藁人形に五寸釘を打ち付けだしよった。そのあいだずっと『上尾……死ね……上尾……死ね……』てつぶやいてますのや。その恐ろしいことゆうたら、心の臓がばくばく鳴りだして、その音が相手に聞こえるのやないか、と思たぐらいですわ」

丸亀堂が感心したように、

「そらそやろ。あんた、よう辛抱してはりましたな。わてなら、気絶してますわ」

「けど、なんとかして止めなあかん、このままではその『上尾』という人物が呪い殺されてしまう……と度胸をすえて、思い切って飛び出しましたのや」

「勇気ありますなあ。毎回怪談噺で一番になってるだけのことはあるわ」

「わーっ、と叫びながら体当たりして、後ろから羽交い締めにした。相手は『なにをする』ともがく。『おまはんにひと殺しをさせるわけにはいかんのや』『今日で七日目、大願成就。憎い相手を殺すことができるというのに、お放しくだされませ』『この手放してなるものか』……しばらくそんなやりとりが続いていたが、急にがくりと相手の力が抜けた。やれ、うれしや、あきらめてくれたか、と見たら、今の今までわての腕のなかにいた女子がどこにもおらん。消えてしもたのや。――残っているのは藁人形だけでおました」

「ふわあ……えげつない目に遭いはりましたなあ。それで終わりだすか」

唐墨屋はかぶりを振り、

「まだ先がおますのや。わては、上尾というのがどこかの蔵屋敷詰めの侍で、女をだまして二股かけてたのがバレて、こんなことになったのやないかと思いましたのでな、上尾なにがしという侍がおらんか、とあちこち探しとりましたのやが……やっとわかりました。上尾というのは新町の置屋『扇屋』の女子で、藁人形を打ち付けてたのは同じく新町の『つの井』の女。たがいにひとりの男を取り合って、とうとう上尾がその男に落籍されることになったのを恨んで、こんな真似をしたらしい。新町に行ってみたら、その日がちょうど上尾の葬礼でおました。——わての話はこれでしまいだす」

そう言うと唐墨屋はふところから紙袋を取り出した。なかから出てきたのは、

「うわあっ」

一同が顔色を変えてのけぞった。それは五寸釘も生々しい藁人形だったのだ。

「これが証拠でおます。あと、鳴滝屋さんも証人になってくれはると思いますわ」

世話役の坂城屋が、

「今晩も、つつがなく五つの怖い話が披露されました。いつものように順位をつけたいと思います。まあ、今夜はもう決まったも同然だすけどな。目のまえの紙に、一番怖かった話と一番怖くなかった話を……」

と言いかけたとき、

「今の話、おかしいなあ……」

弘法堂森右衛門が言った。唐墨屋は気色ばんで、

「弘法堂さん、わての話に難癖付けるつもりか」

「難癖やないけど……じつはあんたがその藁人形を見つけた、ゆうときに、たまたまうちの丁稚が居合わせたのや。あんたが通りかかる直前に、ある男が藁人形を杉の木の裏に仕込んだのをその丁稚が見た、と言うとります。わても、変や、と思て赤手拭稲荷の宮司さんにきいたら、鎮守の森は毎朝見回りしてるし、掃除もしてるけど、そんな藁人形なんかなかった、と言うてはりましたで。七日間もそこにあったらだれかが見つけてるはずや、とな」

「たまたま見逃してたのやろ」

「そうだすか。そこまで言いなはるなら……」

森右衛門が手を叩くと、ふたりの丁稚がひとりの男を従えて現れた。唐墨屋は、

「な、なんや、おまえらは……」

「丁稚同心組、亀吉と……」

「同じく鶴吉。――このひとに見覚えおまへんか」

唐墨屋は顔をそむけたが、森右衛門が言った。

「このおひとは講釈師の極堂白發さんや。怪談噺を得意にしてはる。――白發さん、あんたがしたことを言うてみなはれ」

白發は、

「すんまへん、旦さん、なにもかもバレてしまいました。唐墨屋の旦さんに、怖い怪談をいかにもほんまにあったことのようにこしらえて、その証拠も作ってほしい、と頼まれまして……いつもご贔屓（ひいき）くださるので断り切れず、つい……」

坂城屋が、

「そうやったのか。どの話も出来がええはずや。本職が作ってたのやなあ……」

唐墨屋は泣きながら頭を下げて、

「すんまへん……。皆さんをだます気はなかったんだす。けど……どうしても一番が欲しゅうてこんな真似をしてしまいました。これまでにもろたお金は返します。弘法堂さんが払（はろ）うてくれたここの支払いも全部わてが払います。会からも抜けますさかい……どうぞご勘弁を……」

皆は顔を見合わせた。世話役の坂城屋が森右衛門を見た。森右衛門はうなずいて、

「唐墨屋さん、頭上げとくなはれ。あんたのおかげで、こしらえもんの話かもしれんけど、面白い、怖い怖い怪談を毎度聞かせてもらいました。会を辞(や)めるなんて言わんでよろし。百物語が完了するまで残りあと四回。楽しゅうやりまひょ」

「弘法堂さん……」

唐墨屋は泣きながら森右衛門の手を取った。

そして、唐墨屋の話以外の四話で順位をつけたが、やはり弘法堂は最下位であった。

「落とし噺の会なら一番やったのに……」

とだれかが言った。

◇

そのすぐあと、亀吉は幸助の家に行った。

「このまえ番頭さんが訪ねてきたが、あの件はどうなった？」

と幸助にきかれ、亀吉は茶牛山の夜泣き石の顚末(てんまつ)とそのあと店に化けものが出た話

を面白おかしくしゃべった。もちろんすべては亀吉の聞き間違えが原因で、化けものも番頭がこしらえたものだということも説明したのだが、それを遊びにきていた生五郎(なまごろう)が横で聞いていた。

「はっはっはっ……おもろいがな。近頃ネタに困ってるし、今の話、瓦版(かわらばん)にしてもええか？」

「えー、それはあきまへん。うちの店の名前が出たら、旦さんに叱(しか)られます」

「それはちゃんとわからんようにするさかい、なっ、なっ、なっ……」

拝(おが)み倒されて、亀吉は承知した。翌日、その瓦版が配られたのだが、とある大店の丁稚が茶牛山に登り、そこにあった「夜泣き石」を動かしたところ、その晩から店に化けものが出るようになり、石を元通りにすると怪異はなくなった……というような怪談に作り替えられていた。瓦版はかなり評判になったらしく、あちこちで見かけた。

（上手(うま)いこと書くなあ。アホの丁稚が聞き間違えただけ、というのでは瓦版にはならんのやな……）

亀吉は感心したが、そのことはそのまま忘れていた。そして、十日ほどしたある日、亀吉はまた天王寺の伯耆屋にお使いに行った。すぐに帰るつもりだったが、どうにも気になって、例の「弱気石」を見にいく気になった。茶牛山を登っていったが、なんだか様子がおかしい。山道の両側に幟がずらりと立てられており、そこには「怪談夜泣き石参詣道」と書かれていた。

（どういうこっちゃ……）

なおも登っていくと、あたりには「元祖夜泣き団子」「本家夜泣き餅」「評判夜泣き飴」などの屋台が並び、大道芸人や玩具売り、薬売り、うどん屋、おでん屋、煮売り屋……などがこぞって客を呼んでいる。

「な、なんや……」

亀吉が石のところまでたどりつくと、そこには大きな茶店があり、大勢が床几に腰かけて茶を飲んだり、団子を食べたり、酒を飲んだりしていた。あまりの変貌ぶりに亀吉が立ち尽くしていると、茶店のなかから前垂れをした老人が、

「さあー、評判の夜泣き石。夜になったら子どもを思って泣きじゃくる。見たい方は十文だっせ。さあ、並んだ並んだ。横入りはあきまへんでー」

と言いながら現れた。それは、あの百々爺――木こりの勘蔵であった。

なぞなぞがまた謎を呼ぶ

葛幸助は天神橋のうえを歩いていた。橋板の一枚一枚が照り返しのせいで光っている。大川の波もぎらぎらしているように見える。まだ五月にもなっていないというのに、かなり暑い。おそらくまだまだ暑くなるだろう。

（米の出来が心配だな……）

そんなことを思いながら幸助は橋を渡り終えると、空心町に向かった。そこには「紙寅」という顔なじみの紙屋があり、手持ちの紙がなくなると幸助は伊予奉書紙などを購入する。奉書紙は高価だ。紙寅の紙は、分厚さといい、繊維の整い具合といい、幸助の好みに合っていた。

（おや……？）

向こうからやってくるふたり連れを見て、幸助は微笑んだ。まだ若い男女だが、その女の方が幸助の知り合いだったのだ。

(おみつさんではないか……)

幸助が住む福島羅漢まえの「日暮らし長屋」の家主藤兵衛の娘みつである。みつは料理が得意で、ときどき「おかずを作りすぎたから……」と言って幸助にもふるまってくれる。幸助は声をかけようとしたが、やめた。みつと連れ立っている人物に気づいたのだ。それは、みつと同い年ぐらい……つまり十四、五歳の若い男だったが、侍の子だった。まだ前髪立ちではあるが、身なりも立派で、帯には脇差を手挟んでいる。

(お歴々の子どもだな……)

もう少し北へ行くと与力町と同心町があり、そこには大坂東西町奉行所の与力、同心たちの拝領屋敷がずらりと軒を連ねている。おそらくはそこの住人であろう、と幸助は見当をつけた。貧乏長屋の娘であるみつと上役人の子どもがどういう関係なのかわからず、幸助は咄嗟にその場にあった算盤屋の看板の陰に身を隠した。みつは、幸助のまえではときに伝法でざっくばらんな口の利き方をしたり、げらげらと口を開けて大笑いしたりするが、今は侍の子どもより半歩後ろを歩きながら、おしとやかに口に手を当ててほほえんでいる。

(化けたな……)

幸助は心のなかでくすくす笑った。着物こそいつもの粗末な一張羅だが、今日のみつは輝いて見えた。

「それはよかったな、おみつ殿」

少年は破顔して言った。

「でも、まだ見習いだす」

「いや、『河竹屋』といえば私でも名を聞いたことのある名店。たとえ見習いであってもそこに奉公が叶うとはめでたい。おみつ殿ならきっと板場になれるだろう」

「ありがとうございます。でも、これからは千代之助さまとお会いすることもほとんどできんようになります」

やや暗い声を出したみつに、千代之助と呼ばれた少年は明るく、

「そうだな。私もまもなく元服だ。今はお奉行さまのご嫡男の小姓として数日に一度、奥向きにご奉公に上がっているが、元服すれば、同心見習いとして毎日町奉行所に出仕することになる。おたがい見習い同士、がんばろうではないか。修業が終わったら、また会える」

「はいっ」

「いつかおみつ殿のこさえた料理を食べさせてほしいものだな」

千代之助はなにげなく言ったのだろうが、みつは頬を真っ赤にして、

「はい……はいっ、かならず……」

そう応えたとき、

「千代之助さま！」

腰の曲がった、六十歳ぐらいの町人が駆けてきた。千代之助は顔をしかめ、

「なんだ、矢蔵」

「お奉行所よりお使いが参られ、千代之助さまに至急お越しいただきたい、とのことでございます。すぐに戻ってお支度を……」

「どなたがお呼びなのだ。若さまか？」

「さて、それはわかりませぬ……」

「なんの用件かもわからぬか。まさか父上が急な病に……」

「手前はなにも聞いておりませぬが、お使いの方の口ぶりは穏やかでございました。とにかく早く身支度なされませ」

「わかった。――では、おみつ殿、これにて失礼いたす」

家僕らしい男は、

「千代之助さま、町娘などと軽々しく同道したり、口をきいてはなりませぬ」

千代之助は顔色を変え、

「なにを申す！　おみつ殿に失礼ではないか！」

「失礼もなにも、あなたさまは天満同心茜田家の跡取りでございますぞ。ご身分をわきまえなさいませ。この娘とはどのようなお関わりでございます。まさか、あいびきを……」

「黙れ、無礼な！　以前、寺参りをしたとき、おまえとはぐれたうえ、履ものの鼻緒が切れて困っていたところに、おみつ殿が通りかかり、鼻緒をすげてくれた。それ以来の知り合いだ」

「なんだ、それだけか。ならば安堵いたしました。――とにかくご帰宅遊ばせ。遅れると私が叱られます。さあ、早う……」

男は千代之助の手を引っ張った。千代之助は、

「おみつ殿、すまぬ。今日はこれでお別れだ。ご免！」

そう言うとその場を離れた。いつまでもさびしそうに見送っていたみつに幸助は歩み寄り、

「おみつさん、とうとう料理屋に奉公するようだな。おめでとう」

みつはビクッとして跳び上がったように思えたが、相手が幸助だと気づき、

「先生、聞いてはりましたん？　おひとが悪い……」

「ははは……しかし、当面、おみつさんの料理は食えんというわけだ。いろいろあるかもしれぬが、修業して立派な包丁人になってくれ」

そこまで言ったとき、幸助はみつの目に涙が溜まっていることに気づいた。みつはあわてて手の甲でそれを拭くと、

「あの、先生……今のこと、うちのお父ちゃんとお母ちゃんには内緒にしといとくなはれ。お願いします」

「ああ、心得た」

みつは幸助に頭をぺこりと下げると、あわてて走り去った。

(おみつさんも年ごろか……)

呑気なことを思いながら歩き出した幸助だったが、このあとその料理屋を巡ってとんでもない事件が起きるとは、このときは夢にも思わなかったのである。

◇

「そうだすねん、先生!」

家主の藤兵衛は身を乗り出した。

「先生もご存じのとおり、みつの料理の腕、たいしたもんだっしゃろ？　まえまえからみつを板場にしたい、と思て、あちこちの料理屋に片っ端から頼み込んどりましたのやが、どこも断られてしもた。女の板場なんか聞いたことない、て言いよりますのや。料理するのに男も女もない、て言うたかて聞く耳持たん。頭から、まともな料理屋では料理は男の仕事、給仕や酒の相手は女の仕事、と決まっとるのやとか抜かしよるさかい腹立ててたら、なんと『河竹屋』の主さんが、はじめは女中奉公やけど、ゆくゆくは板場の修業させることも考えてやる、と言うてくれはったそうで……」

「それはよかったな。おみつさんなら立派にやり遂げるだろう」

「けど、先生、早耳だすなあ。この話、どこで聞かはりましたんや？　まだ、だれにも言うてへんのに……。あっ、口入屋の栗原屋さんに聞いたのとちがいますか？」

「いや、ついさっき、天神橋でおみつさんにばったり会ったのだ」

「天神橋だすか？　あいつ、老松町に使いにやったのに、そんなとこでなにを油売っとるんや」

幸助はあわてて、

「あ、いや、難波橋だったかな……。まあ、なににしてもめでたいことだ。これでおみつさんもようよう板場への道が開けたわけだ」

「へえ、住み込みやさかい、ちょっとさみしゅうなりますが、あいつの出世につながることだすよってに……」

「ところで、その河竹屋という料理屋は有名な店なのか？」

藤兵衛は呆れ顔になり、

「さすがかっこん先生、河竹屋さんを知らんとは逆にびっくりだすわ。京橋の谷町筋沿いにおましてな、間口の広い立派な店でおます。大坂でも一、二を争う川魚料理の名店だっせ。まあ、先生やわてなんぞには敷居が高い店だす」

「そんなに値が張るのか」

「そらもう……大坂一の料理屋ということは日本一ゆうことだすさかいな。客も、大店の主さんや通人、お公家さん……身分のある方ばかりですわ。お城も町奉行所も近いさかいお侍もぎょうさん来るらしい。一見の客はお断りでな、たぶんいちばん安い膳でひとり一分……ではききまへんやろ。酒代やらポチ（祝儀）も入れたら、ひとり二分にはつきますやろな。ええ膳になると、ひとり一両……」

「そんな料理を食う金があるなら酒を買う」

「ははは……先生ならそうだすやろ」

「家主殿は行ったことはあるのか」

「まさか。まえを通ったことがあるだけですわ。主さんはおろか、番頭さんにも会うたことはおまへん。けど、今度、みつの奉公の件でご番頭さんとお会いすることにはなっとりますけどな……」

「奉公人の父親だ、と言えば、便宜を図ってくれるのではないか？」

「無理だすやろ。河竹屋さんは、鯉を筆頭に、フナ、ウナギ、アユ、ドジョウ、シジミ……川魚ならなんでも扱うてはりますけど、海の魚より川の魚の方が美味い、と言い張って、海の魚は一切出しまへん。ものすごいこだわりがあるみたいで、『河竹屋』という屋号も『川だけや』という洒落やそうでおます。たとえば鯉は淀のもんでないとあかん、とか、シジミは毎日瀬田のものを早飛脚で取り寄せる、とか仕入れにもえらい金がかかっとるらしい。そら、料理の値も高なりますわ」

幸助にはそういう気持ちはわからなかった。川だろうが海だろうが山だろうが谷だろうが、美味ければよいではないか。いや、美味くなくともよい。口に入れて毒でなく、腹の足しになればそれでよい。酒の肴になればもっとよいが、たとえばスルメや干鰯、豆腐や大根で十分である。

「口の肥えているものはかえってそれで苦労するのかもしれぬな」

「そうだすなあ。いっぺんええもん食うてしもたら、つぎからはまえのでは満足できんようになるのとちがいますか。金がなんぼあっても足りんわ。けど、みつはそうはいきまへん。料理を仕事にするのやさかい、材料を見極める目も必要やし、味の善し悪しがわかる舌もいりますやろ」

「うーむ……」

幸助は、みつには安い材料でも美味い料理を作れる板場になってほしい、と思わぬでもなかったが、これはかりは彼が口出しすることではない。そんな幸助の気持ちを知らぬ藤兵衛は、やや声を落として、

「けど……ひとつ気になることがおますのや。京町堀沿いの南浜町に『蛙楼』という魚料理屋がありますねん」

「風流な屋号だな」

「へえ……その店は、絶対に海の魚しか扱わんのやそうで……」

「河竹屋と逆だな」

「そうだすのや。なじみの上客が、たまにはウナギを食べたい、なんぼでも金出すさかい作ってくれ、と言うても、頑として首を縦に振らん。アナゴかハモならおますけど、ウナギ食べたいならよそへ行っとくなはれ、と断ったそうだす。蛙楼という屋号も『買わず』は『買わない』で、つまり、川のものはない、という意味の洒落やそう

で……」

「そんな頑固な店はご免だな」

「心配いりまへん。ここも驚くほど代金が高うて、先生には生涯自腹で食べにいくのは無理だすわ。――あっ、すんまへん、ほんまのこと言うてしもて……」

藤兵衛は頭を掻き、

「値が高いわりに、食通相手にえらい繁昌しとります。河竹屋と同じぐらいの大店だすわ」

「世のなか、金はあるところにはあるのだな」

「そうだすなあ……。で、ここからが本題だすけどな、このふたつの店がえらい仲が悪いんだ。なんぞことあるごとに張り合うて、角突き合わせてるそうだす」

「川魚と海魚なら住み分けができているはずだが……」

「ところが、蛙楼の主さんが、魚は海魚の方が美味い、川魚は泥臭い、て言うてるらしい。そのせいで、奉公人たちも仲が悪うて、雑喉場や町なかで顔合わせたらつかみ合いになることもあるそうだす。みつがそんなごたごたに巻き込まれたらどないしよ、と思いましてな」

「女は関係なかろう」

「いや、こないだお使いで羊羹を買いにきた女中同士が、虎屋の店先で髪の毛引っ張り合うような大喧嘩になって、丁稚が引き離したそうで……。蛙楼の主さんも大人げないことはやめてもらいたいもんだす」

「河竹屋にも非があるかもしれぬではないか」

「そんなことおまへんやろ。わては、蛙楼の方があおってる、て聞きましたで」

藤兵衛としては、娘を奉公させる先を悪くは思いたくないようだが、幸助は話半分に聞いておくことにした。

◇

町奉行所というものは、表向きと奥向きに分かれている。表向きは、町奉行が公務を行う場所であり、裁きの場である白洲や与力、同心たちの詰所、犯罪者の吟味をする詮議所、仮牢などがある。ここに詰めている与力、同心たちは大坂在住で、代々その仕事を世襲している。奥向きは、奉行の役宅である。江戸から赴任した旗本である大坂町奉行が数年から十数年を家族とともに過ごす場所であり、居間、家族の部屋、台所、湯殿などがある。奥向きに勤仕しているのは、江戸から連れてきた家老、用人、内与力など町奉行個人の家臣である。

西町奉行鈴木美濃守は奥向きにあるおのれの居間に座し、くつろいだ様子でふたりの武士と対面していた。ひとりは四十代と思われる、白髪が少し混じった屈強そうな人物だった。顔が大きく、えらが張り、額が狭い。そして、その後ろに控えているのはまだ前髪の少年だった。

「茜田源左衛門、ならびに千代之助。その方たちを召し出したるは我が儀にあらず。折り入って大事の話があるのだ」

白髪交じりの武士は、

「それがしだけでなく、せがれ千代之助までもお召しとはいかなるご用の赴きでございましょう」

「ははは……茜田、まあ、そう固くなるな。悪い話ではない。じつはな、わしは此度、大坂町奉行の職を免ぜられ、江戸町奉行を任ぜられることとなった」

「おお……それはご出世。ご公儀の信任ますます厚き証にございまするな。おめでたを申し上げまする。千代之助、おまえもお頭におめでたを申し上げよ」

「ご出世、謹んでおめでたを申し上げまする」

「うむ、めでたいことだ。だが、わしの望みは江戸町奉行では終わらぬ。勘定奉行から大名とまで出世し、寺社奉行……ゆくゆくは老中となって政を担う所存だ」

「此度のことはその足掛かりとなりましょう」

「うむ……。ところで、茜田、話というはここからだ。おぬしのせがれ、そこにおる千代之助、わが子大井丸の学友として出仕してもろうておるが、大井丸は千代之助に懐いておってな、実の兄のごとく敬慕しておるようだ。江戸に戻るにあたって、千代之助と離れとうない、などと駄々をこねる」

「はあ……」

話の筋道が見えぬ茜田が小首を傾げると、鈴木美濃守はぎょろりとした目を細め、

「じつはおぬしも知ってのとおり、わしの家老、千里民部が病で伏せっておる。医者の話では、老齢ゆえ、本復しても職に戻れるかどうかわからぬらしい。おぬしはこの西町奉行所で諸御用調役として辣腕を振るい、わしも随分と助けてもろうた。家中をまとめる力は十分にある、とわしは見ておる」

「おそれいりましてございます」

「どうだ、茜田。わしの家の家老にならぬか」

鈴木の言葉に父親の背中が小刻みに震えるのを千代之助は見た。

「ま、まさか……お戯れを……」

「戯れではない。俸禄は二百俵ではどうだ。少ないと思うかもしれぬが、わしが将来出世をすれば、加増を約束いたそう。――わが鈴木家は関ケ原以来、代々四千石を賜る旗本だ。おぬしが家老になってくれれば、わしもありがたいし、大井丸も喜ぶ。江戸に戻る際、ご新造や千代之助とともに一緒に来てはくれまいか」

　西田は身体を硬直させ、

「あ……いや……うう……もったいないお言葉なれど、あまりに思いがけぬお話にて……それがし、鈴木さまにこの十年ばかりお仕えしてまいりましたれど、お家代々の家臣の方に比べると、なにも知らぬも同然……」

「そのとおりだ。だが、わが譜代の年寄役や用人のなかから家老職を抜擢しようにも、いずれも帯に短しでな……。他家においても、勝手向きが悪うなったのを建て直すために、算用に詳しい新参ものを家老として召し抱えた、などという話も耳にする。ただし……怒らずに聞いてくれい。わしも四千石の大身。おぬしに家中をまとめる力ありとみたものの、万が一、わしの目利き違いであったならば取り返しがつかぬ。また、譜代の臣たちにも、このものなら鈴木家四千石の将来を託してもよい、と納得してもらえねば丸くは収まらぬ。そこでだ……」

　鈴木は少し言葉を切り、

「まもなく端午の節句だ。大井丸の祝いの宴をせねばならぬが、大坂最後の思い出として今年は例年よりも派手に執り行おうと思うておる」

　武家では、男子の出世を願い、五月五日の端午の節句を盛大に祝った。

「茜田、おぬしはたいそうな食通だそうだな」

「とんでもない。大食らいなだけでございます」

「隠すな。聞いておるぞ。与力、同心が、どこかよい料理屋はないか、美味い屋台はないか、ときいても、即座にどこそこが、と答えるほど食に精通しておるそうな。座っただけで何両という高い店から、腰掛けの気の置けぬ店まで、知らぬところはないとの評判だ」

「恐れ入ります」

「そこでだ、茜田……大井丸の端午の祝いの膳部をおぬしに調えてもらいたい。その膳をわしや大井丸、そして、大坂に来ておる当家譜代の臣たちが食するのだ。もし、わしたちが気に入るような料理を見事供することができれば、おぬしをわが鈴木家の家老に据えよう。それならばほかのものたちも否やは申すまい。膳を調えることは、家中を切り盛りし、仕切ることに通ずるからだ。――どうだ、この試し、受けてみるつもりがあるか?」

茜田源左衛門は顔を上げ、

「ははっ……ぜひともやってみとうございます」

「うむ。話は決まった。節句まではまだ日数がある。材料や料理人を吟味するがよい。はははは……楽しみだ。――千代之助」

しかし、千代之助は応えず、ぼんやりとした顔でまえを向いている。茜田は、

「千代之助、お頭がおまえにお声掛けだ。聞こえなかったのか」

千代之助はあわてて、

「ははーっ……」

鈴木は、

「よいよい。叱ってやるな。父親の出世、江戸行きの話のうれしさにぼうっとしておるのだろう。――千代之助、おまえもそれでよいな。なんと言うても、大井丸の学友であるおまえが承知してくれねば話にならぬのだからな」

「ははーっ」

千代之助は平伏(へいふく)した。鈴木はうなずきながらその様子を見下ろしていた。居間を辞(じ)し、ふたりは廊下に出た。歩きながら千代之助が父親に、

「父上、今の話、お引き受けなさるのですか」

「無論、そのつもりだ。日頃の食道楽が思わぬところで役に立ったわい」

「わが西田家は代々大坂のために働いてきた家柄。それをすべて投げ捨てて、江戸に移住するというのは、千代之助、いささか合点がいきかねます」

「なに？　おまえはわしが鈴木家の家老になることに反対だと申すか」

千代之助はしばらく考えていたが、

「はい……反対です」

「なぜだ。よう考えてみよ。大坂町奉行から江戸町奉行というのは大なる出世だが、これはわしにとってもたいへんな出世の糸口なのだぞ。大坂の町役人は、いくら手柄を挙げても生涯町役人のままだ。わしのような同心の禄高は三十俵二人扶持と決まっており、何十年務めてもそれは変わらぬ。それでは足らぬゆえ、土地を町人に又貸しして家賃を得、暮らしの足しにしておる。それを、お頭は二百俵くださると言うのだ。しかも、四千石の大身旗本の家老ならば、商家からの付け届けなどいろいろと実入りもあろう。また、お頭がお言葉どおり寺社奉行にでもなれば、これは大名ということになる。大名家の家老になれるかもしれぬのだ。そうなれば西田家の家名は大きく上がる。男児と生まれたからには立身出世を望むのが当然ではないか」

「はあ……」

「おまえも、侍の子だ。上さまお膝もとに暮らせるなど、またとない機会だぞ。——もしかしたら、わしが大井丸さまの祝いの膳でしくじるのでは、と心配しておるのか？」

「い、いいえ、そういうわけでは……」

「安堵いたせ。すでに心づもりがある。お頭にもご満足いただける料理を供する料理屋の当てがあるのだ。わしは今からそのものと話をつけてくるゆえ、おまえはわしに任せて、大井丸さまのご機嫌を取っておればよい。——ただし、今の話、わしが祝いの膳を任されたことはかまわぬが、鈴木家の家老になる件、きっと他言は無用だぞ」

「なにゆえでございます」

「ひとが出世すると聞くとまわりは嫉妬し、足をひっぱろうとするものだ。人間とはあさましいものよのう。それゆえ周囲には内緒にしておかねばならぬ。わかったか」

「…………」

「ははは……運が向いてきた、とはこのことだ。そうではないか、千代之助」

　西田が振り向いてそう言ったとき、

「西田氏、なにかよきことでもおありでござるか」

　ハッとしてまえを向くと、そこにいたのは後輩の同心古畑良次郎だった。

「なんでもない。お頭からお勤めに関することでおほめいただいただけのこと」

「ほほう、運が向いてきた、という言葉が耳に入りましたが、もしそうならば、その運、私にも分けていただきたいものです。近頃、とんと運に見放されておりましてな」

「そのようなこと申した覚えがない。お手前の聞き違いであろう。——千代之助、参るぞ」

急ぎ足で去っていく茜田源左衛門と千代之助の背中を見つめながら古畑は、

「なにかあるな……」

とつぶやいた。

◇

「というわけなのだ、昭介。この茜田源左衛門に力を貸してくれい」

そう言って茜田は目のまえの町人に頭を下げた。ここは、堀江新地のすぐ近くにある「豆腐松」という豆腐料理屋の一室だ。堀江新地は、長堀川を挟んで新町のすぐ南側にあり、閉め切った窓の外からは三味線の音や嬌声に混じって波の音が聞こえてくる。町人は、ほっそりとした体形の五十がらみの男で、眉毛（まゆげ）は柳の葉のように長く、しだれており、目も鼻も細い。

「茜田さま、お手をお上げくださいませ。普段よりひとかたならぬご贔屓（ひいき）にあずかる茜田さまより火急（かきゅう）の用とのお話に、店でお会いするのも異なものと、この店の座敷を借りての対面をだんどりしましたところ、この蛙楼昭介にお奉行さまご子息の祝いの膳を、とのお名指しとは……いやはや末代（まつだい）までの誉（ほまれ）でおます。かならずやお奉行さまやご家来衆にご満足いただける膳をこしらえまする所存……」

「よう申してくれた。これでそれがしも肩の荷が下（お）りた思いだ。お頭は、金に糸目はつけぬ、とおっしゃっておいでゆえ。食材も吟味し、最上のものを使（つこ）うてくれ。このお役目を上手（うま）くこなすことができれば、詳しゅうは申せぬが、それがしの立身出世にもつながるのだ」

「かしこまりました。普段から吟味した材料しか扱（あつこ）うておりませぬが、此度はいつもより念を入れて仕入れまする」

「で、どのような献立（こんだて）にするつもりだ」

「まだ、しかとは工夫がつきまへんが、大井丸君（ぎみ）は旗本のご嫡男にて江戸生まれの江戸育ち……となれば、公方さまはじめ江戸の武家において尊（とうと）ばれる鯛の料理をおいてほかにはおますまい」

「それがしもそう思うて、おまえに頼むことにしたのだ。鯛は『めで鯛』と申すほど縁起のよいもの。福の神である恵比寿さまの竿にかかっているのも鯛だ。しかも、味は魚のなかで一番。ことに瀬戸内の鯛は日本一の美味。江戸に戻られるまえの名残りの宴にふさわしい」

「へえ、今の鯛は桜鯛と申しまして色あいも鮮やかで、浜焼きなんぞにいたしますと見た目も豪華。ほかにもあら煮、刺身、真薯、潮汁、天麩羅など、いくらでも料理のしようがおます」

「決まりだ。鯛の膳にいたそう。頼むぞ、蛙楼……」

茜田がそう言ったとき、いきなり廊下側の襖が開いた。蛙楼の主が眉間にしわを寄せ、

「なんや。話が終わるまではだれも来んように、と言うといたやろ。料理なら、あとで手ぇ打つさかいあっちへ行っといて」

「はははは……蛙楼さん、わては仲居やないで」

戻ってきたのは案に相違して男の野太い声だった。ずい、と入ってきたのはでっぷりと肥えた中年男だった。額が禿げあがり、申し訳程度に髷を結っている。

「あんたは、河竹屋の……」

　男は茜田に向き直ると、

「河竹屋善兵衛でおます。いつもご贔屓いただいてありがとうございます」

　そう言って頭を下げた。茜田は顔をしかめ、

「河竹屋、なにゆえ呼びもせぬのに入ってきた」

　善兵衛は勝手にその場に座り込むと、

「今夜はこの店で腹ごしらえをしたあと堀江にくり込むつもりだしたのやが、厠に行った帰りにこの部屋のまえを通りかかりますと、聞いたことのあるお声が聞こえてきましてな……。しばらく立ち聞きさせてもろとりましたが、辛抱たまらんようになって入ってまいりました。失礼ながら、茜田の旦さん、少々お考え違いしてはるのとちがいますか」

「なに？　それがしが考え違いとな？　どういうことだ」

「申し上げます。お奉行さまのご嫡男の端午の祝い膳ならば、鯛などよりもっとふさわしい魚がおます」

「それはなんだ」

「鯉でおます。――鯉は昔から縁起のよいものとされとります。唐土では鯉は滝のぼ

りをし、龍になるという言い伝えがあり、これを登竜門と称します。武家では、男児の立身出世のため、端午の節句に鯉を描いた幟を立てるもの。また、鯉は万病によく、長寿の妙薬。食うても味わいよく、錦鯉などと言うて目で愛でるにもよい魚……」

「うーむ……なるほど。言われてみれば、端午の節句といえば鯉だのう」

「此度、お奉行さまが江戸町奉行にご出世……出世の祝いには鯛などより鯉の方がずっとよろしいかと存じまする」

西田は考え込んだ。

「おまえの申すことももっともだ。それがしは鯛こそが祝いの膳にふさわしいと思い込んでいたが、たしかに端午の節句ということを考えると、鯉の料理の方がよいかもしれぬ」

「ははは……そうだすやろ？　ご立身をお考えならば、鯉にするが上策だす。ほな、これで決まりということで……」

したり顔の河竹屋善兵衛に蛙楼の主が、

「なにを言うとるのや！　横合いから勝手に入ってきてべらべらと好き放題抜かしよって……出ていけ！」

「あんたこそ出ていきなはれ。祝い膳はもう鯉に決まったのや」

　蛙楼昭介は茜田に向き直ると、

「茜田さま、ようお考えください。鯉なんか川魚。泥食うて生きとるような魚だっせ。泥臭うて食えるもんやない。瀬戸内の海老や貝を食うて、荒波にもまれて育った鯛の方がずっと美味しゅうおます」

　河竹屋も負けてはいない。

「荒波にもまれてる、というけど、鯛が滝をのぼれるか？　それに、鯉が泥臭い？　うちの鯉は、獲ったあと、川の水を引き込んだ清らかな池の水に放って泥抜きしとるさかい臭いなんてことはないのや。鯛の方が脂臭うて、食うたら口のなかが生臭うなる。端午の祝いには不向きや」

「鯛の方がずっとめでたいわい」

「鯛がめでたい魚、ゆう理由は『めで鯛』ゆうダジャレだけやろ。鯉は平安の昔から、帝をはじめ京の堂上公家のまえや神社で包丁人が捌く神事に使われてきた、ほんまにめでたい魚や。鯉は高位につながる、てゆうてな」

「そっちもダジャレやないか。それを言うなら鯛は大位や。鯛はな、上方の婚礼や祭りのときは掛鯛（二尾の塩鯛を縄で結んだもの）にする。正月は神棚に祀る。こんなめでたい魚はないのや。――鯉には、鯛ほど料理の数がないやろ」

「なんにも知らんのやな。鯉こく、洗い、なます、甘煮、団子、塩焼き、凝り……なんぼでもあるで」

「昔はともかく、今では鯛の方がうえや」

「勝手に決めるな。鯉の方がうえや」

「鯛がうえや！」

「鯉がうえや！」

「鯛や！」

「鯉や！」

「鯛！」

「鯉！」

「鯛！」

「鯉！」

ふたりはつかみ合いをはじめた。茜田はおろおろして、

「や、やめぬか！　これ！」

しかし、ふたりはやめるどころか、着物や髪の毛を引っ張り合い、小突き合いだした。しまいにはどたん、ばたん……と畳のうえでくんずほぐれつの喧嘩が始まった。

「やめい！　やめてくれ！」

茜田が声を嗄らしても喧嘩は激しくなるばかりだ。そのとき、隣室との境の襖がからりと開いた。そこにはふたりの男が立っていた。

「やかましいて飲んでられんやないか」

そう叫んだのは、総髪にした長い髪の毛を数十本ごとに束ねて紐でくくった三十歳前後の男だった。

「そやなあ。ちょっとうるさいのとちがいますか」

おっとりとした口調でそう言ったのは、顔を白塗りにした小太りの若者である。ひと目でわかるぐらいの金のかかった装いだ。茜田は、

「これは失敬した。連れのものがいさかいをはじめたので、今、なだめていたところだ。申し訳ない」

白塗りの若者が、

「酒が入ったらちょっとぐらいほたえてもかまわんけど、あまりにどったんばったんと騒々しかったのでな……」

そう言ったとき、河竹屋善兵衛が、

「あ、あんたは福の神の旦那さん……」

蛙楼昭介も、

「いつもご贔屓にあずかりまして……えらいところを見せてしもたなあ」

茜田が、

「この御仁はおまえたちの知り合いか？」

河竹屋が、

「へえ……しょっちゅう店に来てくださるお大尽だす。よう見たら、こちらのお方も、ときどきお顔を見るような……」

「わては問多羅江雷蔵、天下一のなぞなぞ屋や」

「ああ、そういえば……うちの店にもちょいちょいなぞなぞを放り込んでいく……」

「ははははは……知ってくれてはりましたか。今後ともよろしゅう」

茜田は、

「なんだ、おまえたちの見知りのものか。——とにかく申し訳ないことをした。それがし、西町奉行所にて諸御用調役相務める茜田源左衛門と申すもの。詫びの印と言うてはなんだが、一献献じたい」

お福と江雷蔵は顔を見合わせた。お福が、

「ほな、一杯だけちょうだいしよか」

江雷蔵も、

「そうだすな」

ふたりは茜田から盃を受けた。お福が、

「河竹屋さんと蛙楼さん、日頃からけっして仲がええとは思わんけど、大坂でもよりすぐりの魚料理のお店の主さんが取っ組み合いの喧嘩とは解せんなあ。いったいなにごとだすか」

茜田は申し訳なささうに、

「それはそれがしから話そう。じつは……」

茜田は、自分の食通ぶりを知った西町奉行鈴木美濃守から、嫡男大井丸の端午の節句の祝い膳を調えるよう命じられたこと、鯛の料理を蛙楼に頼もうとしたこと、それを廊下で聞いていた河竹屋が、男児の端午の節句祝いなら、鯛より鯉の方がふさわしい、と言い出し、喧嘩になったことをなどを説明した。お福は呆れ顔で、

「鯛と鯉とどっちがええか、であれだけ揉めるんかいな。どっちも美味い、でええのとちがうか」

蛙楼が、

「そうはいきまへん」

河竹屋も、

「これぱっかりは譲れまへん」

そう言って向き合った。目と目のあいだで見えぬ火花が散っているようだ。

「川魚は泥臭いのや」

「アユを見てみい。すがすがしいやないか。ボラとかサメの方が臭いわい」

「ウナギもサケもときどき川を上るだけで、ほんまは海の魚なんや」

「鯉はお天子さまも召し上がる高貴な魚やぞ」

「鯛は公方さまや」

「やる気か」

「負けへんで」

ふたりは立ち上がり、胸ぐらをつかみあった。お福があいだに分け入って、

「それやったら、鯉と鯛、同じ膳に使たらええやないか」

ふたりはきっとお福をにらみ、

「そういうわけにはいきまへん！」

「蛙楼と同じ膳やなんてまっぴらごめんや！」

「うちと河竹屋、どっちがうえか白黒はっきり決めてもろて、勝った方を祝いに使て

もらいたい」

「わてもそう思う」

　茜田がため息をつき、

「ひとの好みと申すものは千差万別。海魚好きも川魚好きもおるであろうゆえ、どちらがうえとは決めがたいのう。味わいではなく、ほかの物差しで勝敗を決めたいが……」

　お福が、

「ほな、こうしはったらどうだす？　たとえば十日間なら十日間と決めて、そのあいだにどちらにぎょうさん客が来たかで勝負する、というのは……。ただし、料理の値を下げたりするのはあかん。河竹屋と蛙楼、どちらも値が張ることで評判の敷居の高い店や。その値段のまま、喧伝するだけで、いつもどおりの料理で客がどれぐらい集められるか……」

　茜田が、

「なるほど、それは公平だ。よかろう、ふたりの存念はどうだ？」

　河竹屋善兵衛がすぐに、

「それでよろしおます。料理屋のよしあしは結局お客さんの数が物語ります。うちが負けるはずがおまへん。蛙楼さんは嫌かもしれんけど……」

蛙楼昭介もあわてて、

「なに言うとんのや。うちも、それでけっこうだす。うちほどお客さんの多い料理屋はほかにおまへん」

茜田がうなずき、

「ならば、明日より早速勝負をしてもらおう。それぞれ支度にかかってくれ」

そう言うと、

・蛙楼は海のもの、河竹屋は川のものしか使わぬこと
・喧伝はいくらしてもかまわぬこと
・料理の値段を下げたり、普段より多く盛り付けしたりしてはならないこと
・期間は十日間とし、最終日に積算した客数の合計で勝敗を決すること

など、勝負についての式目を申し渡した。

「客の人数の勘定に不正があってはならぬ。それがしの方からひとりずつ、客を数える役目のものを派遣（はけん）することにいたす。――勝っても負けても遺恨（いこん）を残さぬようにな」

河竹屋は鼻息荒く、

「これはええ機会をちょうだいいたしました。これは、蛙楼さんとうちの勝負というより、川魚と海魚の勝負だす。この際、川魚の方が上等やということを世間に知ってもらいまひょ。さあ、腕が鳴るわ。番頭や板場といろいろ相談せなあかんさかい、今日はこれで帰らせていただきます」

蛙楼も顔を真っ赤にして、

「それはうちの台詞(せりふ)や。川魚の方が海の魚より上等やと？　今に吠(ほ)え面(づら)かくなよ。海にはなあ、鯛がおるのや！」

「川には鯉がおる！」

ふたたびつかみ合いが勃発(ぼっぱつ)しかけたので茜田は、

「両名とも、祝いの膳を作るためだということを忘れるでないぞ」

「わかっとりま」

ふたりは同時に応えた。

◇

「妙なことになったなあ」

帰り道、お福は江雷蔵に言った。日は暮れかけているが、まだ提灯はいらぬ。

「そやなあ。久しぶりにあんたとばったり会うたさかい、なぞなぞの話をアテに一杯飲もか、と相談が決まって、豆腐料理の店に入ったら、あんな騒ぎに巻き込まれるとは……」

「どこかで飲み直そか」

「ははは……あんたの言う『どこか』は、あの絵師の先生とこやろ？」

「図星や。あそこがいちばん気根かい（気楽）に飲めるさかいな」

ふたりはしばらく歩いていたが、突然、江雷蔵が、

「――なぞなぞなあに、なぞなぞなあに」

「おっ、来るか」

「豆腐とかけて」

「豆腐とかけて、か。あげまひょ」

「これをもらうと、踊りと解く」

「ほう、その心は？」

「奴も田楽もある、とはどないや」

「ははは……上手い上手い。さすが天下一のなぞなぞ屋や。奴さん踊りに田楽踊り

か」

　お福が手を打って喜んだとき、

「うーむ、ほんまに上手いなあ」

　そんな声がすぐ後ろから聞こえてきたので、ふたりが振り向くと、さっき別れたばかりの河竹屋善兵衛がにやにや笑いながらそこに立っていた。お福が、

「河竹屋さん、あんさんとこは京橋だすやろ。道が違いまっせ」

「失礼ながら、おふたりのあとをつけてましたのや。――さっきの話だすけどな、なぞなぞ屋さん、あんたに頼みたいことがあるのやが、どないだす？　このあとちょっとうちの店に来てもらえたらありがたいのやが……」

「今から飲みに行くつもりやねんけど……その頼みとはなんのことだす？」

「今度の勝負は、味云々よりも喧伝を上手にした方が勝ちだすやろ。あんたのなぞなぞを、うちの店の引き札（広告）代わりというてはなんやが、お広め（広報）に使わせてほしいのや」

「うーん……気が進まんなあ。わてはなぞなぞを素直に楽しんでほしいと思とるさかいな」

「ここだけの話やけど、蛙楼昭介ゆうのはろくでもないやつなんや。よそで獲れた鯛

を明石の鯛と偽ったり、昼網で今獲れたばっかりや、て言うて、何日もまえの少々傷んでる魚を味を濃くして煮付けてごまかしたり……」

「ほんまかいな。それは許せんなあ。——よっしゃわかった。力添えさせてもらいます」

「おおきに、おおきに。もちろん福の神の旦さんにもお力添え願えればありがたい」

しかし、お福は即座に、

「わたいはやめとくわ。江雷蔵さんは玄人やけど、わたいはただの素人。喧伝なんぞ荷が重い」

河竹屋は、

「そうだすか。ほな、江雷蔵さんだけ、来とくなはれ」

江雷蔵はお福に頭を下げ、

「すまんなあ、ちょっと行ってくるわ。かっこん先生によろしゅう言うといて」

そう言うと、河竹屋と連れ立って去っていった。

◇

途中の酒屋で樽酒(たるざけ)を買ったお福が幸助の家に行くと、ちょうど生五郎(なまごろう)が来ていた。三人で飲みはじめた。話題は当然、さっきの豆腐屋での出来事になった。幸助が、

「ふーむ、川魚しか扱わぬ料理屋と海魚しか扱わぬ料理屋か。——もしかすると、河竹屋と蛙楼という名の店ではないか？」

「よう知ってるな、貧乏神。なんでや？」

「じつは河竹屋の方にはまるっきり縁がない、というわけでもないのだ」

　幸助は、みつが河竹屋に板場見習いとして奉公することを説明した。

「俺はあまり賛成ではないし、当のおみつさんが心底喜んでいるかどうかもわからぬが、とにかく父親(てておや)の藤兵衛がすっかり乗り気になっていてな……」

　幸助が、みつと千代之助という少年の話をするとお福はどこか遠いところを見るような目になり、

「ええ話やないか。淡い初恋ゆうやつや。わたいにもそんなころが……」

「あったのか？」

「いや……なかったけどな、あったらよかったなあ、と思ただけや」

「だが、この初恋は実らぬぞ」

「なんでやねん」

「武家と町人だ」

「これはあんさんらしからぬことを言うやないか。身分がなんやねん。恋愛ゆうのは、実るとか実らんとか、そういうことを考えてからやるもんとちがうやろ。それに、若いうちにひとを好きになるゆうのはええことや」

「それはそうだが……あとでおみつさんが悲しい目にあわねばよいが、と思うただけだ。それにしても、その食通の同心は奉行から命じられてのことだろうからともかく、河竹屋も蛙楼も、くだらぬことにそこまで必死になるというのはどういうわけだ？」

「わたいはどっちの店もなんべんも行ったことあるけど、たしかに美味いし、材料や料理法についてのこだわりが強い。せやから気位もかなり高いわなあ。うちが大坂一や、いや、うちや……と、もともと張り合うてたところへこの話が来て、勝ったら大坂一の魚料理屋と公言できるさかい、その名誉を手に入れたい、ゆうことやろな。その代わり、負けたら大恥を掻く。必死にもなるやろ」

それまで黙って聞いていた生五郎が目を輝かせて、

「その話、おもろいやおまへんか！　よっしゃ、わても一丁噛ませてもらお」

幸助は、

「噛む、と申して、なにをどう噛むのだ」

「勝負だす。海魚が勝つか川魚が勝つか、手に汗握る料理対決！　刀代わりの包丁を使っての一騎打ち！　二軒の料理屋の客の数を毎日、うちの読売に載せますのや。これは売れまっせえ」

　お福が、

「けど、蛙楼と河竹屋、どっちかを贔屓するようなことは書いたらあかんで」

「心得とりま。あくまで公平に書かせてもらいます」

「それやったらええのとちがうかな。景気づけになって、勝負が盛り上がるやろ」

「へえ、あおってあおってあおりまくります」

　幸助がスルメを嚙みながらお福に、

「河竹屋があのなぞなぞ屋を味方につけて喧伝するのだから、蛙楼の方はおまえが手助けしてやればどうだ」

「のほほほほ……正直言うて、高い料理屋の意地の張り合いなんぞに関わりとうはないな」

「それもそうだな。どうせそんな高い店、俺には縁がない。行くこともあるまいから、瓦版を読ませてもらって酒のアテにしよう。それにしてもその同心、よほどの食道楽だな」

「そやな。たしか……西町奉行所の諸御用調役茜田源左衛門とか言うとったわ」

「なに……茜田？」

幸助は湯呑みを口に運ぶ手を途中で止めると、

「千代之助という若者の苗字が茜田なのだ。天満の同心町界隈で見かけたから、おそらく同心のせがれだろう」

生五郎が、

「へへへ……そんな店、縁がない、て言うてはりましたが、案外、縁がおますがな。そのうち、先生もこの勝負に関わり合いになるかもしれまへんで」

「酔いが醒めるようなことを言わんでくれ。だが、その同心、河竹屋にも蛙楼にも始終出入りしてるというが、三十俵二人扶持と決まった同心の俸禄でそんな高い店に通えるものなのか？　なにか後ろ暗いことをしているのではなかろうな」

お福が、

「町方同心や与力は、大店や蔵屋敷からの付け届けがかなりある。なにかいざこざがあったときに揉み消してもらったり、便宜を図ってもらうために日頃から金を渡しとるのや。これがけっこうな額になる。せやから、三十石というても、実質は三百石ぐらいの稼ぎはあるはずや。お役目兼務の手当てももろとるやろし、拝領屋敷のなかに長屋を作って、そこにひとを住まわせて家賃を取ったり、なんやかんやと副業もしてるやろ。全部合わせたらそこそこ裕福なはずやで」

「そういうものか。俺が城勤めしているときはそんな役得は一切なかったがなあ」

幸助はそう言って、酒をぐびりと飲んだ。

◇

翌朝、幸助が徳利（とっくり）や湯呑みの散乱するなかで眠っていると、「弘法堂（こうぼうどう）」の丁稚（でっち）亀吉（かめきち）がけたたましい音を立てて駆け込んできた。

「びんぼー神のおっさん、起きてはりまっかーっ！　びんぼー神のおっさーん！　びんぼーのおっさーん！」

二日酔いの頭にその声はびんびん響く。幸助は寝たまま、

「朝っぱらから大声を出すな」

「朝っぱらて、もうそろそろ昼だっせ。表に出てみなはれ。お日ぃさん、かなり高（たこ）おまっせ」

「なに？」

「わては三刻（約六時間）まえには起きて、それからひと仕事、ふた仕事、三仕事ぐらい片づけてここへ来てまんのや。さあさあ、起きた起きた起きた」

「うう……」

しかたなく幸助は半身を起こした。

「筆の材料持ってきました。よろしゅうお願い申し上げます」

「うむ……わかった。期日はいつだ」

簡単な打ち合わせが済んだあと、亀吉はふところから折り畳んだ紙を取り出した。

「見とくなはれ。めちゃくちゃおもろおまっせ」

それは引き札（広告）だった。一匹の鯉の絵が描いてあり、その鯉がしゃべっている体で、

東西東西
川魚料理大坂一の当店主より
いつもご贔屓賜る皆様方のご愛顧への返礼として
当店にお越しいただいたお客さまになぞなぞを一問出題し
それが見事解けたお方には

当店の御料理代金が次回から無料になる券を進呈させていただきます
ただし、その券、本日より十日間は使えませんのでご了承ください
我こそと思ふなぞなぞ好き、川魚好きの皆さまの
ご来駕をお待ちしております

店主　河竹屋善兵衛

「なぞなぞか……」

おそらくあのなぞなぞ屋が一枚嚙んでいるにちがいない。なぞなぞを解いたものに料理の代をタダにする券を進呈するというのは実質的な値引きだが、勝負の期間中は使えないから問題ない、ということだろう。

「わてが今朝、たまたま京橋のこの店のまえを通りかかったら、赤い着物にしごきをかけた女子連中がこれを配ってました。そのなかに、ここの長屋の家主さんの娘さんもいてはりましたさかい、一枚もろてきましたのや」

「ほう、おみつさんはもう河竹屋で働いているのか。それで……客の入りはどうだ？」

「まだお昼だすけど、行列ができてました。河竹屋さんは店の表に大けな太鼓を吊る

して、お客がひとり入ったら、それをドーンドンと打ちはやして、十人ぐらいの奉公人が『ご一人お通りなされまするー』ゆうて大声で声を合わせますのや。音に合わせてアホな客がぞろぞろ入っていきます。わても思わず尻について入りかけました」

「無茶をするな。いくら金がかかると思う」

「けど、どんななぞなぞか知りたいことおまへんか？　わくわくしますがな。わてが見事に解き明かして、おお、そこの丁稚さんに無料の券を差し上げろ！　てなこと言われてみたいわ」

「ははは……無理だろうな。天下一のなぞなぞ屋が知恵を絞ったなぞなぞだ。おいそれとは解けまい。俺にも当然無理だが、もしかしたらお福なら……」

「それや！　お福の旦さんに河竹屋に行ってほしいなあ」

河竹屋の策略は図に当たったようである。これは勝負あったのではないか、と幸助が思ったとき、

「すんまへん、こちらは葛鯤堂先生のお宅やおまへんか」

「葛鯤堂は俺だが……？」

入ってきたのは瘦せた中年で、眉毛がやたらと長い男だった。

「はじめてお目にかかります。わては京町堀で『蛙楼』という海魚料理の店を営んで

おります昭介というものでおます。こちらの先生に折り入ってお願いがあって参上いたしました。これはお近づきの印だす」

　蛙楼の主はそう言いながら樽酒を土間に置いた。

「あんたが蛙楼の……」

「ご存じだしたか？」

「今もおまえのところと河竹屋の勝負の話をこの丁稚としていたところだ。なぞなぞを解いて無料の券をもらおうという魂胆（こんたん）らしいぞ」

「ひえっ、丁稚さんにまで知れ渡っとりますか。それやったら話が早い。今日、来たのはほかでもおまへん、その勝負についてのことだす。向こうは天下一のなぞなぞ屋を味方につけて初日からえらい評判になっとりますのや。このままではうちは負けてしまいます。そこでわてが考え付いたのが、幟を立てる、ゆうことでおまして……」

「幟……？」

「へえ。海の魚は川魚よりもずっと種類が多い。江戸のお武家さまでは、端午の節句に鯉の滝登りを描いた紙幟を立てるそうな。鯉みたいなしょうもない川魚やのうて、うちは百の海魚の絵を百本の幟に描いて、店のまわりに飾ろうと思てますのや。来てくれはったお客さんにそれを一本ずつお渡ししたいんだす。三本集めた方には、十日後から使える無料券を差し上げる……という具合に喧伝するつもりだすのや。店のまわりに翻る百本の海魚の幟……まるで大漁旗みたいに勇壮に見えるに違いおまへん。

――先生にその絵をお願いできまへんやろか」

「おいおい、俺は売れない貧乏絵師だぞ。もっと売れている絵師に頼んだ方がよいのではないか？」

「いえいえ、ぜひとも先生にお引き受けいただきたい」

「俺のことはどこで聞いてきたのだ？」

「今日、瓦版の種取りに来られた生五郎さんというお方だす。どなたかご紹介いただけまへんか、と申しますと、海の魚百種類を描きわけられるのは先生しかおらんと言うてはりました。瓦版の挿し絵もいろいろ見せていただきましたが、わてもそう思います。なにとぞ百枚の魚の絵、描いてもらえまへんやろか」

「墨一色でよいのか」

昭介はかぶりを振り、

「本ものそっくりの色あいでお願いします」

「彩色画を百枚ともなるとすぐには無理だ。だいたいそんなに魚の種類があるのか？」

「ありますとも。海の魚は百どころやない。食べられへんものも入れたら万はおますやろ。魚ゆうたかて、貝とかエビ、カニ、タコ、イカ、ナマコ、クラゲ……」

「ああ、わかったわかった……」

みつが奉公している河竹屋の敵である蛙楼に加担するのはみつや藤兵衛に悪いような気もしたが、たしかに面白そうな仕事である。

（向こうにはなぞなぞ屋が加担しているのだから、まあ、よかろう……）

百の海魚の絵を描くという魅力には勝てなかった。こんなわけのわからない仕事、二度と来ないだろう。そう思った幸助はうなずいていた。

「とにかくやってみる。百枚の布を支度してくれ。もちろん竹竿もいる。俺はここでひたすら絵を描く」

「とんでもない。うちの店に来てもろて、奥座敷にこもって描いてもらいます。絵の具も絵筆もなにもかもご用意します。食事もうちの板場に最上のものを作らせます。酒も飲み放題だっせ」

「それはありがたいが、ここの方が気楽でいいのだ」

「なりまへん！　長屋の入り口に駕籠（かご）を待たせてます。今からすぐに来とくなはれ」

その口調からは、幸助が途中で逃げ出すのを防ごうという気持ちがありありと伝わってきた。亀吉が、

「うわあ、おもろなってきた。蛙楼にも行ってみたいなあ」

そう言うと、よだれをぐいとぬぐった。

源八橋の近くにみつの姿があった。河竹屋と書かれた店のお仕着せを着て、下駄を履いている。みつは左右を見渡し、だれかを探している。

「おみつ殿……」

橋のうえから声がかかった。みつの顔が輝いた。

「千代之助さま……」

みつは千代之助に駆け寄った。

「よく出られたな」

「へえ……内緒だすけど、ここにはお店の隠し生簀がおますのや。淀の水を引き込んであって、それに鯉を泳がせたらどこの鯉でも淀の鯉になる、て番頭さんが言うてはりました。千代之助さまから文が来たので、生簀へのお使いにかこつけて外出させてもらいました」

「うむ……あの文、ややこしいことにはならなかったか？」

「へえ、女中頭のおまささんが『男衆に見つかったらえらいことになるで。気ぃつけや』言うて、こっそり渡してくれはりました。おまささんはええお方だす」

「ならばよかった……」

「なにか急なご用事だすか」

千代之助は下を向いたまま答えない。

「こないだの、お家の方が呼びにきはった一件だすやろか」

千代之助はみつに顔を向けて、

「今、おみつ殿が奉公している河竹屋と、蛙楼という店が勝負していることをご存じか」

「へえ、それでうちにもお客さんがぎょうさん来て、大忙しになっとります。勝った方がお奉行さまのお坊ちゃんの祝い膳を出すことになるとか……」

「その勝負は、私にも関わりがあるのだ。これは内密の話だが、お奉行鈴木美濃守さまは此度、職を解かれて江戸に戻られ、江戸町奉行へと出世なさる。そのとき、わが父を家老として召し抱えたいとの思し召しなのだ」

「えっ……」

「ただし、今度の端午の祝い膳を父上が首尾よく手配りできれば、というのが条件になっている。父上が、大坂一の川魚料理屋と海魚料理屋を競わせているのはそのためだ」

「待っとくなはれ。ということは……」

千代之助はうなずき、

「父上が鈴木家の家老になれば、私も江戸に参らねばならぬ……」

みつの顔が青ざめた。

「そんな……茜田さまは代々、大坂町奉行所の同心を務める家柄やおまへんか」

「父上は同心を辞め、江戸に骨を埋める決心のようだ」

「ほな……もうこれで千代之助さまとはお会いでけまへんの？　うち……そんなん嫌だす」

「私も嫌だ。だが、父上に出世をやめろ、とは言えぬ。また、言うても聞いてはくださるまい」

「なんとかなりまへんのか。千代之助さまだけでも大坂に残るとか……」

「それは無理だ。もともと私を大井丸さまが気に入ってくださり、一緒に江戸に行きたいとおっしゃったところから話が始まったらしい。父上は、母上が亡くなって以来、男手ひとつで私を育ててくれた。その恩義（おんぎ）には報（むく）いなければならぬが……」

みつは顔を伏せてしくしくと泣いていた。千代之助はかける言葉もない風であったが、

「よし……こうなったら……」

なにごとか思いつめたようにそうつぶやくと、

「おみつ殿、ちょっと考え付いたことがある。やるしかない……」

「どんなことだす？」

「それは……言えぬ。ご免！」

そう言うと千代之助は駆け出した。

◇

そんなわけで、幸助は翌朝早くから雑喉場に連れていかれ、数々の海魚を見せられた。そこでざっとした下絵を描いたあと、蛙楼の離れ座敷の一室に閉じ込められ、幟の絵を描くのだ。まずは鯛である。赤く、大きな、いわゆる「桜鯛」である。つづいて黒鯛（ちぬ）である。この時期の黒鯛は鯛に負けぬ威容（いよう）を誇る。大坂の湾を古来「茅渟（ちぬ）の

海」というが、その名称は黒鯛から来ているという。そして、初夏を彩るカツオ、天神祭にかかせぬハモ、庶民の食膳にかかせないイワシ、焼いてよし煮てよしのサバ、包丁で薬味とともに叩いてなめろうにすると最高のアジ、苦味のあるワタに酒が進むサンマ、そしてカレイ、コチ、サヨリ、トビウオ、フグ、アンコウ、タラ、サケ、エビ、カニ、サザエ、アワビ、ナマコ……およそ考えつく限りの海魚を幸助は描いて描いて描きまくった。旬でないものは記憶を頼りにしたり、魚尽くしの浮世絵などを参考にしたりした。

（たしかに百や二百ではきかぬな……）

たとえばエビひとつ取っても、シバエビ、クルマエビ、イセエビなどいろいろ種類がある。片っ端から描いているうちに幸助の頭はぼんやりしてきて、いつしか竜宮城でタイやヒラメやブリやサワラやカレイ……などが舞い踊るなかにいるような気がしてきた。

とにかく時間がないのだ。適当に描き飛ばすことは幸助の性分としてできなかったが、いつも生五郎の瓦版用の挿し絵を短時間で描いていることもあってか、次第に筆が乗ってくると、「急いでいる」という感覚はなくなり、さらさらと描くのが楽しくなってきた。隣室では職人が幸助が絵を描いた布をつぎつぎと竹竿に取り付けている。

　こうして二日間の徹夜のすえに百本の幟が完成した。それを蛙楼の玄関をはじめ、塀のまわりに差していく。墨痕鮮やかに「百魚料理処　海魚専業　蛙楼」の文字が書かれた幟に、目が覚めるような色とりどりの魚たちがずらりと並ぶさまは壮観であった。風が吹くとまるでそれらの魚が、鯛を先頭に列を作って泳いでいるかのように見えた。幸助も、できあがった幟を見ながら、

（なるほど……これはなかなか……）

　蛙楼の主の着想に今更ながら感心した。評判も上々で、多くの町人、武士、僧侶などが見物に訪れた。

「すごいやないか、江戸のお武家では端午の祝いに鯉の滝登りやら鐘馗さま、金太郎なんかの幟を立ててるらしいけど、さすが天下の台所大坂やなあ」

「見てみい、あれはアナゴやな。こっちはハマグリか。ワタリガニにヤドカリもおる」

「ははは……クラゲにタチウオ、これはクジラや！」

「このキス、頭をはねて、ウロコとはらわた取って、しゅしゅしゅしゅーっと三枚におろして、水に溶いたうどん粉つけて、じゅーっと揚げて天ぷらにしたら……ああ、さぞ

かし美味いやろ！」

「ほんまやな。よだれが出るわ。仕入れの金つぎ込んで、食いにいこか！」

「あかんで、そんなことしたら……。親方にどやされる」

「ほな、おまえはドブ川のメダカでも食うとけ。わては蛙楼に行くわ」

「ちょ、ちょっと待ってくれ。わいも行く！」

たいへんな騒ぎである。蛙楼の魚幟をひと目でも見ないと大坂人の名折れだ、とばかりに、新町や新地の芸子、舞妓、商家の内儀、子守り奉公の娘たちまでが押し寄せた。

「上手くいったみたいだな」

百枚の魚の絵を描き終えた幸助の顔にはさすがに疲労の色がにじんでいた。蛙楼昭介は、

「へえ、おかげさまで、この二日間、河竹屋のなぞなぞに先を越されて客をとられてしまいましたが、今日から巻き返します」

「ははは……それはよかった。俺もこれでお役ご免ということだな。家に帰ってひと眠りするか」

「なにをおっしゃる。先生にはまだまだ働いてもらわんと……」

「このうえなにをせよと言うのだ」

「お客さんに進呈した幟の分を埋めてもらわんと数が減ってしまいます。手をゆるめんと、どしどし描いとくなはれ。家に帰るやなんてとんでもない」

やむなく幸助はふたたび絵を描き続けることになった。

ようやく日暮らし長屋に戻れたのは四日目の朝だった。げっそりした幸助が酒をあおって眠ろうと、樽をのぞき込んだが、一滴も残っていない。

「どういうことだ……」

とつぶやくと、老人の姿になったキチボウシが、

「おのしの帰りがあまりに遅いゆえ、我輩(わがはい)が残らず飲んでしもうたぞよ」

「蛙楼という料理屋に閉じ込められて、魚の絵を描いていたのだ」

キチボウシはキチキチキチ……と笑い、

「さぞかし美味い料理を食うておったことだろうのう」

「寝る暇(ひま)もなく、絵を描かされた。海魚料理は出たはずだが、味もなにも覚えておらぬ」

「ひひひひ……せっかくの心づくしの料理もあまりに忙しすぎては『餌(えさ)』も同然、ということだ。我輩は、スルメさえあればほかになにもいらぬがのう」

「スルメか。これも海魚だな」

そう言いながら幸助が横になろうとしたとき、

「先生、いてはりまっかー」

入ってきたのは生五郎である。

「寝させてくれ……」

「これだけ聞いてからにしとくなはれ。瓦版、おかげさまで飛ぶように売れとります」

「それはなによりだな。勝ち負けはどうだ」

「初日と二日目は河竹屋の圧勝でおましたが、三日目は先生の絵のせいか蛙楼が巻き返しました。今は五分五分ゆうところだっしゃろか。明日の瓦版には先生の絵を入れたいところでやすけど……」

「すまんが、眠たい。寝させてくれ……」

幸助がそう言ったとき、

「おごめーん、かっこん先生、いてはりまっかー」

家主の藤兵衛がやってきた。肩を落としている。幸助はややバツが悪い思いで、

「すまぬな。おみつさんの敵に加担するようなことになってしまったが……」

「そんなことはどうでもよろし。店同士がもめようが、なにしようがわての知ったことやおまへん。わての望みはみつがちゃんとした板場になることだす」

「ならば、よいが……」

「今日、来たのはそのみつのことだす。昨日の夕刻、河竹屋のまえでばったり出会いましたのやが、なにやら思いつめてるようで、なんぞあったんか、店のお方にいじめられたんか、とわてが問いただしても『なんにもない。気にせんといて』と言うばかりで……よう見たらべそかいてますのや。わてはもうどうしたらええやら……」

幸助は、もしかすると茜田という同心の息子に関わることではないか、と思ったが、それは口にしなかった。

「そやそや、そのとき、みつが先生に、て言うてこれを……」

藤兵衛は一枚の紙を幸助に差し出した。それは、河竹屋の品書きであった。

「どんな料理を出しているのか知りたい、と先生がみつに言うたそうだすな」

幸助は、

（そんなことを言った覚えはないが……）

そう思いながら、なにげなく裏を見ると、そこに小さな文字で走り書きがあった。

「ちよのすけさまがなにかしでかしそうでこわい」

そう読めた。

「なんだす?」

「あ、いや……なんでもない」

幸助はあわてて品書きをふところにしまうと、

「奉公というのはつらいものだ。丁稚にしろ女子衆にしろ子守りにしろ飯炊きにしろ、自分の時間などないし、店の主が言うことが絶対で、奉公人は意見を言うことすら許されない。しかし、雇われる側にも自由はある。辞める、という自由だ。もし、奉公のことでおみつさんがなにかつらい思いをしているなら、ただちに辞めさせた方がよい……と俺は思うがな」

「けど、それでは板場修業が……」

「河竹屋がまことにおみつさんを板場にするつもりがあるのかどうか、一度きちんと聞いておいたほうがよいぞ」

「わかりました。明日にでも行って、確かめます」

「それがよい。まあ、今は蛙楼との勝負でなにかと店がごった返しているだろうがな」

「へえ、みつが言うとりました。なぞなぞのおかげで店は大繁昌しとるそうだすわ」

「なぞなぞを解いた客はいないのか」

生五郎が、

「今のところいてないみたいだす。みんな、むずかしすぎてさっぱりわからん、ゆうて頭抱（かか）えてるらしい。もっとも、すぐに解けるようななぞなぞでは店も困りますやろ」

「それもそうだな」

藤兵衛が、

「ひと組でも客を増やすためか、夜中でも店を開（あ）けてるらしゅうて、みつもお運びやら酒の燗（かん）やら洗いものやら掃除やらでてんてこ舞いで、とても板場の修業どころやないらしいそうだすわ」

「おまえは河竹屋の主に会ったのか？」

「会いに行ったけど、忙しいゆうて会（お）うてもらえまへんだした」

「ふーん……そうか……」

幸助は大きな欠伸（あくび）をした。

◇

藤兵衛は翌日の昼まえ、河竹屋を訪れた。裏口から入ると、主らしき男が生簀をまえにして料理人や下働きのものたちを怒鳴りつけていた。

「おまえら、なに考えとんのや！　鯉が十五匹も死んでしもとるやないか！　数が足りんようになったらどないするつもりや！」

「すんまへん。泥吐かすためにここに入れといたら、数が多すぎたせいか、いつのまにか腹見せて浮いてしもてて……」

「晩までに十五匹調達(ちょうたつ)せなあかん」

「旦さん、今日の京橋の魚市はもう終わっとりまっせ」

「漁師に言うて、今から獲らせろ。淀の鯉でのうてもええ。いつものように、淀の水にちょっとでも浸(つ)けたら淀の鯉や」

「何日か泥吐かさんと泥臭さが残りまっせ」

「かまへん。客にはわからん」

「包丁人としてそんなことはようしまへん。うちの暖簾(のれん)に申し訳ない」

「ドアホ！　今は勝負に勝つことが一番大事や。しょうもないこと言うとって負けたらどないするのや。それこそ暖簾に傷がつくやないか。今度の勝負はどんな汚い手ぇ使てでも勝たなあかんのや。それが嫌なら辞めてしまえ！」

　善兵衛が大声で怒鳴ったとき、

「善兵衛さん、それはおかしいやないか」

「なんやと！」

　振り返ると、なぞなぞ屋の問多羅江雷蔵が柱にもたれて立っていた。

「わては、蛙楼が明石の鯛と偽ってよその鯛を使うとるとか、腐りかけた魚を煮つけにして出してるてあんたが言うさかい力を貸しましたのや。今聞いてたら、客をだましてるのはあんたの方やないか」

「淀の鯉もドブの鯉もおんなじだす。どうせ客のアホ舌では判別つかん。嘘も方便（ほうべん）だっしゃないか」

「わては、客がいちばん怖いと思とります。長年のご贔屓さんがたった一度のしくじりでそっぽを向く。客をなめてたら、そのうち手ひどいしっぺ返しを食らいまっせ」

「心配ない。今度のことで蛙楼に勝ったら、うちは大坂一、つまり、日本一の魚料理屋という称号を得る。そうなったら、客は味や材料はどうでもええ。うちの名前だけで『日本一ゆうからには美味いに違いない』ゆうて押し寄せてくるはずや。わては長年、そう思てきた。今度のことは絶好の機会だす」

江雷蔵は悲し気な笑みを浮かべ、

「さよか。あんたを信じたのがわての間違いやったみたいやな。わてはこれぎりで下ろさせてもらう」

「ははは……そないに四角四面に考えんでもええやないか。たかが料理、たかがなぞなぞや」

「わては『たかがなぞなぞ』とは思とらん。ほな、さいなら」

江雷蔵はその場を去った。善兵衛は舌打ちをして、

「なんじゃい、お高くとまりよって。銭はちゃんと渡したはずやで」

そして、生簀に戻ると、

「念のため、この死んだ鯉もおいとけよ。数が足らんかったら使うのやで。ええな」

「旦さん、それはあきまへん。鯉は死んだままほっといたら苦味が出ます。捌くまえまで生きてたやつでないと……」

「じゃかあしい！」

善兵衛はその板場を平手打ちした。

「口答えすな。クビにするで」

「してもらいまひょ。こんな料理出すぐらいならこっちから辞めたりますわ」

「なんやと？」

「わても辞めまっさ」

「わしも辞めるわ、こんな店」

「お、おまえら、今までの恩を忘れたか！」

「そっちこそ安い給金で今まで働いてやった、わしらの恩を忘れたか」

「辞めたかったら辞め。おまえらの代わりはなんぼでもおるのや」

そう叫んだとき、ふと藤兵衛の姿に目を止め、

「なんや、あんたは」

「へ、へえ……わてはここに奉公に上がってるみつというもんの父親(てておや)だす。みつにちょっと話がおまして……会えまへんやろか」

「みつ？　ああ、こないだ雇た女子衆か。今は忙しいて手が離せんはずや。帰ってんか」

「あの……みつは板場の修業をさせていただける、ゆうことで奉公させましたのや。そのあたりのことをお話しさせていただきとうて参りました」

藤兵衛がそう言うと善兵衛は、

「はあ？　女が板場やなんて聞いたことがないわい。少なくともうちではそういうことはさせん。板場は男、女はお運び、給仕、お酌……と役割が決まっとるもんや」

「それではわてが口入屋から聞いてたのと話が違います」

「知らん。そんなこと言うた覚えはない」

「ほな、みつに板場の修業は……」

「させるつもりはない」

「そ、それやったら奉公辞めさせて連れて帰りますわ」

「アホかいな。このクソ忙しいときに辞めさすことはできん」

「めちゃくちゃや」

「とにかく今うちは勝負の真っ最中で、ひとりでも多く客を呼ばなあかんのや。おまえらに構うてられへん。それぐらいのことがわからんか。さあ、帰った帰った」

藤兵衛は呆然（ぼうぜん）として裏木戸をくぐった。

◇

幸助はしばらくお福の顔を見なかった。ようやくお福がたずねてきたのは六日目の昼近くだった。

「すまんすまん。本業が忙しかったのや」

「おまえでも仕事が忙しいことがあるのだな」

「めったにないわ」

そう言うとお福はどっかりと板の間に座った。

「で、どないや、例の勝負の行方は？」

幸助は一枚の紙をお福に手渡した。

「今しがた、生五郎が放り込んでいった今朝の瓦版だ」

「ふーん……互角か。これはおもろなってきたな。あんさんの幟のおかげやなあ」

「おまえに頼みがある。河竹屋に客として行って、様子を見てきてくれぬか」

「なんでや？」

幸助は、藤兵衛から聞いた話を口にした。

「ふーん……鯉が死んだから、ゆうて、泥を吐かしてない鯉やら淀の鯉やないもん、死んだ鯉を使うというのはなあ……。普通の料理屋ならともかく、あれだけの値段の張る店や。謳い文句に偽りがあるというのはあかんやろ。江雷蔵がケツまくったのももっともや」

「普通は、よほどの食通でないかぎり、そんな微々たる味の違いはわからぬものだろう。だが、それに付け込んで嘘を通すというのは、思い違いをしておるように思う」

「よっしゃ、わかった。今晩行ってみるわ。わたいが勘定持つさかい、おまはんも一緒に行こやないか」

幸助は苦笑して、

「俺は遠慮しておく。そういう店は敷居が高すぎて、味がわからぬ。猫に小判というやつだ。それと……ちょっと気になることがあってな」

「そうか？　ほな、わたいひとりで行くとしよか」

お福はそう言って顎の下を掻いた。

◇

お福は河竹屋を訪れた。門のまえには鯉のかぶりものをした若い男が立っていて、軒から吊り下げられている、木製の大きな太鼓をドドン、ドドン、ドドドドド……と派手に打ち鳴らし、

「大坂一の魚料理河竹屋にまたまたお客人のお越しやでえ！」

そう叫ぶと、奉公人たちが声を揃えて、

「お客さん、いらっしゃいませ！」

と頭を下げるのだ。お福はそのなかにみつの姿があるのを見とめたが、声はかけず、そのまま玄関を入った。玄関先には金屏風が左右に一対ずつあり、右の屏風にはウナギを捕まえようと悪戦苦闘する漁師の図が、左の屏風には渭水で釣りをしている太公望と文王の図が描かれている。そのまえには、木彫りの小さな魚が置いてあった。どれも、以前に来たときはなかったものである。

帳場の横にもうひとつ机があり、男がひとり座っていた。

「名前と住まいをここに書け」

えらそうな口調でそう言った。どうやら町奉行所が手配した客数の検分役らしい。

（まるで箱根の関所やな……）

お福はそう思った。女中に案内されて通された部屋は、一階の隅にある四畳半ほどの狭い一室だった。いつもはひとりで訪れても、宴会ができそうな大きな座敷に案内されるのが常だった。やがて、料理と酒が運ばれてきた。鯉こくや洗いに箸をつけたお福は浮かぬ顔になった。

「この店、こんなにまずかったかいな……。まあ、もったいないさかい食べよか」

そうつぶやいたとき、襖が開いて、主の善兵衛が入ってきた。

「これはこれは、福の神の旦那さん、お越しやす。今日はえらい狭いところで申し訳ない」

「客をひとりでも詰め込もうという気持ちはようわかるけど、あんさんとこの勘定はかなり高い。それには部屋代も入ってるのやで。広々とした座敷でくつろいで食べるのと、こんな狭い部屋で窮屈に食べるのでは、味にも差が出てくる」

「へへへ……これは厳しいお言葉だすなあ。また今度埋め合わせしますさかい堪忍しとくなはれ」

「『今度』があるかどうかやな……」

「なにかおっしゃいましたか」

「いや、なんでもない」

「おや、今日は箸があんまり進んでないご様子だすなあ」

「あのな、あんさんとこ、板場代えたんか？」

「な、なんでそない思いはります？」

「たとえば、この鯉の洗いや。包丁の冴えが今までとまるで違う。骨も残っとるやないか。それに、鯉自体も泥臭いし……」

「あは……あは……あははは……さすがはお福の旦さんの舌はごまかせまへんな。じつはまえの板場が辞めよったさかい、急遽、よそから引き抜いてきたやつに今日から任せてますのや」

「まあ、ええわ。それより、なぞなぞゆうのを見せてもらおか」

「へえへえ……これでおます」

お福は差し出された紙をじっと見つめた。「鯉の滝登り」の掛け軸と、それをのぞき込んでいるひとりの男が描かれている。男の口もとに「鯉の滝登りかな」と書いてある。紙の上部には、「このなかに霊妙の札一枚あり。どこにあるのか当てたらえらい。ただし、答えられるのは一度だけ」という文章がある。こういう判じものにはたいがい「手がかり」が書かれているものだが、その紙にも、真ん中に横線が引かれ、その下側に小さく柏餅の絵が描かれ、そのまた下に「天下一なぞなぞ屋問多羅江雷蔵下河内にてこれを記す」と書かれている。

「なるほど……この判じものを解いたらええのやな」

「そういうことだす。まあ、お福の旦さんでも解けまへんやろなあ。今まで、なぞなぞ名人とかゆう連中がぎょうさん来よりましたけど、皆揃いも揃うて討ち死にだすわ。

ええとこまでたどりついたもんも何人かいてはったけど、惜しいかな最後までは行けまへんでした」

「そうかいな。そう言われたらやる気出るなあ」

お福はしばらくその絵を見ていたが、

「解けたで」

「あ、アホなことを……」

「なにがアホや。ほんまに解けたのや。答を言うたるさかいよう聞きや。――柏餅の絵が手がかりになるのやろ。その下に江雷蔵の記名があるが、なんでわざわざ『下河内にてこれを記す』と書いてあるのや？」

善兵衛の顔がこわばった。

「『しもかわち』の順序を入れ替えると『かしわもち』になる。つまりは、この判じものは、言葉の順を入れ替えたらええ、ということや」

「そこまでたどりついたもんはほかにもいてます。せやけど結局は……」

「まあ、黙って聞きなはれ。鯉の滝登りの掛け軸を見て、『このなかに霊妙の札一枚あり』というのは、例の勘定がタダになる札が『鯉の滝登り』のなかにある、ということや。

「そ、そうだすかなあ……」

「わたいは、これは『こいのたきのぼり』の順序を入れ替えろ、という意味やと受け取った。『こいのたきのぼり』を入れ替えたら……『鯛の子木登り』……この家に鯛の子が木登りしてる絵か彫りものはないか？」

「見たことおまへんな。お福の旦さんの答は『鯛の子木登り』だすか？」

「いや、ちがう。それは引っ掛けや。これをまた入れ替えると……『きぼりのたいのこ』になる。そう言えば、玄関先に木彫りの小さな魚が置いてあったな。あれはどう見ても小鯛やった。なんで川魚料理しか出さんこの店に鯛の彫りものがあるのか、と思たけど……」

そう言ってお福はにやりと笑った。善兵衛も小ずるそうな笑いを浮かべ、

「ほたら、旦さんの答はあの小鯛の置物のなか、ということでよろしいな。それやったら……」

「いや……ちがう」

「またですかいな」

「そう思わせるのが、あのなぞなぞ屋の腕や。たぶんこれまで間違うた客は、あの置物のなかを調べたやろ。けど、なにも出てこんかった、と……」

「…………」

「わたいはなあ、鯉の滝登りであることは絵を見たらわかるのに、わざわざ男の口もとに『鯉の滝登りかな』と書いてあるのが変や、と思たのや」

「わてはべつに変やとは思いまへんけどなあ……」

「『こいのたきのぼりかな』を並べ直すと、『きぼりのたいこのなか』になる。札は表に吊るしてある大きな太鼓のなか……これが正解やろ！」

善兵衛は蒼白になった。

「さあ、一緒に見にいこやないか」

「ま、待っとくなはれ。福の神の旦さん、たしかに札は太鼓のなかにおます。せやさかい、今日のお勘定はタダにさせていただきます。けど……できたら、なぞなぞを言い当てた、ゆうことは内緒にしといてもらえまへんやろか」

「なんでやねん」

「じつは……その……あのなぞなぞ屋さんとも揉めてしもて、旦さんがこのなぞなぞを解いたら、つぎのやつがおまへんのや。それではその……客が呼べんようになりますさかい……」

「のほほほほ……そうはいかんなあ。なぞなぞが解けんかった、ということになったら、わたいの恥になる」

「そこをなんとか……。そ、そや、十両差し上げまっさ。いや、二十両……」

「つぎの客寄せはおのれで考えなはれ。ほな、さいなら……」

お福を見送る善兵衛の拳は震えていた。

◇

翌朝、河竹屋のなぞなぞを解いたものがいる、という噂は大坂中に広まった。生五郎が張り切って瓦版を配りまくったのだ。そこには、生五郎がお福から聞いた判じものの問いと答も載っていたうえ、客のひとりが語ったこととして、これまでの板場がみんな辞めてしまったらしい、という話も掲載されていた。河竹屋善兵衛は商いの妨害やと生五郎にねじ込んだが、全部ほんまのことやないかい、といなされてしまった。

そして、案の定、その晩から客足がぴたりと止まった。それまでは蛙楼よりやや優勢だったのが、二日の間に一挙に逆転されてしまった。河竹屋善兵衛は地団駄を踏んだ。

「くそっ……あと二日しかない。こうなったら……」

九日目の昼過ぎ、善兵衛は小柄な男をひとり呼び寄せた。目つきが鋭く、無精髭を生やし、着物の裾を高くめくりあげて、ふんどしを晒している。どう見てもごろつきである。耳たぶがやたらと長いのが目立つ。

「旦那、またなんぞいざこざだすか。わては包丁は持てんけど、相手を半殺しにでも全殺しにでも料理しまっせ」

「そやない、鹿二。元軽業師のおまえの身の軽さを見込んで頼みたいことがあるのや……」

善兵衛はなにごとかをその男の耳にささやいた。男はにやりと笑い、

「へっへっへっ……そらおもろい。さっそく今から行ってきまっさ」

「しくじるなよ。これが先渡しの一両や。残りはうまいことといったら渡す」

「承知しました」

そう言うと男は自分の尻を手で思い切りひっぱたいた。

◇

西田千代之助は蛙楼にいた。裏口から入ろうとしたが錠が下りているらしく開かな

い。しかたなく塀を乗り越えようとしたが、高くて上手くいかない。四半刻（約三十分）ほど悪戦苦闘したあげく、やっと庭に降りることができた。乱れた着物を調えるのもそこそこに庭を横切り、店のなかに入る。しばらく廊下の隅の暗がりに身を潜めていたが、板場たちがいなくなるのを見計らって、こっそり台所に入り込んだ。鍋の蓋を取るといい匂いが立ち上った。そこには、今取ったばかりと思われる、まだ熱い出汁がたっぷりと入っていた。千代之助は震える手でなにかを取り出した。薬包である。彼はその中身を鍋に投入しようとした。しかし、しばらく逡巡したあげく、

「だめだ。やはり私にはできぬ……」

そうつぶやくと薬包を握りしめ、気が抜けたようにその場に座り込んだ。

◇

「主さん、なかなかの馳走振り。感心しました」

膳部に舌つづみを打った老齢の町人が、懐紙で唇を拭きながらそう言った。障子を開け放つと中庭が見渡せる広間である。

「お気に召しましたようで、ありがとうございます」

　蛙楼の主昭介は客に頭を下げた。

「ウニのあんかけ、エビの鬼殻焼き、サザエのぬた、鯛の刺し身……どれも美味かったが、ことにこのマゴチの天ぷらは熱々で、口のなかで白身がほろほろと崩れる塩梅など、感じ入りました」

「それはようございました」

「評判の海魚の幟もまさに圧巻でしたなあ。一枚ずつ見ていくと日が暮れる。とても全部は見尽くせん。これは少ないがお運びの方や板場さんへの祝儀です。どうぞお納めを……」

「お気遣いいただきありがとうございます」

「ほな、帰るとしよか」

　町人は立ち上がろうとして、

「あ……痛い、痛い、痛たたたた……」

　腹を押さえてうずくまった。

「どうなさいました？」

「急に腹が……痛たたたた……」

　昭介はあわてて、

「だれか……だれかお医者を呼びなはれ！」

女子衆がひとり走り込んできた。

「旦さん、えらいことだす！」

「なんぞあったんか」

「ほかのお座敷でもおなかが痛いゆうお客さんがいてはりますのや。それも五人ぐらい……」

「なんやと……」

昭介の顔から血の気が引いた。

「とにかく医者や。玄斎（げんさい）先生呼んどいで。大急ぎでな！」

女子衆は部屋から走り出ていった。昭介はほかの女子衆たちに布団を敷（し）くよう命じた。番頭の井三郎（いさぶろう）がやってきて、

「旦さん、どういうことだすやろ」

「食あたりみたいやな」

「まさか……。うちの材料はとれとれの新しいもんしか使（つこ）てないし、包丁も鍋も皿もなにもかも毎朝ぴかぴかに洗うて、お日ぃさんに干（ほ）しとります」

「料理屋がいちばん気をつけなあかんのが食あたりや。とにかく一刻も早うお医者に

診てもらわなあかん。玄斎先生で足りんかったら大坂中の医者かき集めといで」

「けど、そんなことしたらうちの評判が落ちて、客が減ります。勝負にも負けてしまいまっせ」

「しゃあない。お客さんの身体が大事や。残念やけど、勝負はあきらめよ……」

昭介がそう言ってうなだれたとき、

「こらあ、このガキ！　なにしとるんや！」

火薬が破裂したような怒声が聞こえてきた。

「私はなにもしてはおらぬ！」

「ほな、なんで台所にへたり込んでたのや。わてを見たら逃げようとしたのもおかしい。こっちへ来い！」

現れたのは下働きのひとりで仁太（じんた）という男だった。彼は、まだ前髪立ちの若い武士の腕をねじり上げ、力任せに引きずっていた。

「どないした、仁太」

「こいつが台所に座り込んでたんで、出ていけ、と言おうとしたら、逃げ出そうとしよった。おかしいと思（おも）て捕まえたら、薬の包みみたいなもんを持ってたさかい連れてきましたんや。このガキが出汁になんぞ入れたに違いおまへんで」

「まだそうやと決まったわけやない。むやみにひとさまを疑うたらあかん。——あんた、まだお若い方のようやけど、お客さんではないみたいやな。なんで台所にいたのや。正直に言うてみなはれ」

しかし、若者は答えない。仁太は拳を振り上げて若者を殴ろうとしたので昭介が、

「ああ、手荒な真似をしたらあかん。——あんたもあんたや。黙っとらんと申し開きをしたらどないや」

やはり無言のままなので、仁太は若者の手から薬包をむりやり取り上げた。なかを開くと、茶色の粉が入っていた。そのとき、やっと到着した医者が部屋に入ってきたので昭介が、

「玄斎先生、これ、なにかわかりますか」

「これは大黄やな」

医者はこともなげに言った。大黄というのは強烈な効果のある下し薬である。仁太が、

「やっぱりや！　こいつ、太い野郎だっせ。縛り上げてお奉行所に突き出してやりましょか」

そのとき、

「それには及ばぬ」

という声が廊下からかかった。皆がそちらを向くと、立っていたのは痩せこけた浪人だった。昭介が、

「おお、葛鯤堂の先生！」

「その若いやつが出汁になにも入れていないことは俺が保証する」

「先生のお言葉なら疑うわけにはまいりまへん。けど、なんでそう言い切れますのや」

「俺がずっと廊下から見張っていたからだ。この仁はその大黄を入れようとはしたが、気がとがめたのか、結局、入れるのを止めた。そして、床に座り込んだのだ」

若者は幸助の方を振り向くと、

「どうして私のことを見張っていたのです？」

「ちと訳ありでな、俺はおまえさんが思いつめてなにかしでかすのではないかと思い、この二、三日おまえさんをつけていたのだ。もし、薬を入れようとしたら止めるつもりだったが、ちゃんと自分で判断できたようだな」

昭介が、

「ほな、お客さんたちはなんで腹痛を……」

「俺も知らなかったが、この仁よりも先に、出汁に細工したやつがいたと見える。そいつはたぶん……」

幸助はそこにあった箸を摑み、庭に向かって投げた。

「ぐえっ」

植え込みから悲鳴とともにまろび出たのは、耳たぶの長い小男だった。その右腕に箸が突き刺さっている。

「ずっと庭に隠れていて、客が帰ったあとで逃げる算段だったのだろうがあいにくだったな。――おまえだな、出汁に細工したのは」

「証拠があるんか」

幸助は庭に飛び降りると、男に迫った。

「だれに頼まれた」

「さあねえ……」

男はせせら笑うと、そこにあった灯籠に足をかけ、宙に跳び上がった。男は塀のうえに立ったが、その拍子にふところからばらばらと大量の薬包が落ちた。

「くれてやるわ」

捨て台詞とともに男は姿を消した。幸助は、

「身の軽いやつだな。軽業かなにかの芸人かもしれぬ」

そう言うと薬包を拾い、そのひとつを医者に見せた。医者は匂いを嗅ぎ、

「これも大黄や。客人たちの腹痛の原因が大黄なら、そう心配することはない。しばらくは腹具合が悪いかもしれんが、白湯をどんどん飲んで、出すもん出してしもたら本復するやろ」

昭介が、

「それはよかった。ホッとしました」

そこに女子衆がひとりすっ飛んできた。

「旦さん、お役人が参りました。たまたま通りがかったところをだれかがご注進に及んだみたいだす」

「しゃあないな。ありのままをお伝えするしかない」

幸助が千代之助をちらと見た。蒼白な顔で震えている。幸助は昭介に言った。

「このものはどこかに隠してやれぬか。疑われてはなにかと厄介ゆえ」

「先生がそうおっしゃるなら……」

しかし、千代之助をどこかに隠れさせるより早く町役人は座敷に入ってきた。

「また貴様か」

その人物は幸助を見て吐き捨てるように言った。古畑良次郎である。後ろには白八も従っている。

「鍋の出汁に毒を投入したものがいて、客が大勢難儀をしておる、と聞いたが……おや……そちらの仁は……ほほう、これは妙なところでお会いした。茜田殿のご嫡男千代之助殿ではないか。なにゆえかかるところにおられる」

少年は答えない。答えようがないのだ。

「ともかく詮議をせねばならぬ。隠し立ていたさば、ただではすまぬぞ！」

古畑は店中に響き渡るような大声を出した。

◇

「しくじった、やと……？」

善兵衛が目を剝いた。

「すんまへん。出汁に大黄を入れて、それを食うた客が腹痛起こすところまでは上手く行きましたんやが、妙な浪人に見破られて……」

鹿二は右手に晒を巻いている。

「くそっ。食あたりがぎょうさん出たら蛙楼にはだれも行かんようになると思たのに……。わての名前は出さんかったやろな」

「それはもう……」

「ほな、知らぬ存ぜぬで通すわ。さっきも西町の古畑とかいう同心が来て、おまえがやらせたのとちがうか、て言いよったさかい、蛙楼がうちに罪をなすりつけるために狂言したのとちがいますか、て突っぱねてから、たっぷり賄賂を握らせたら、喜んで帰っていった。ちょろいもんや」

「これからどないしはります？　なぞなぞは解かれてしもたし、板場が代わって味が落ちた、て瓦版に書かれたら、客は来まへんやろ」

「最後の手ぇや。じつはな……お奉行所から来てる、客の数の検分役を金で抱き込んだのや。今夜から、一日百人客が来た、ていうても通るやろ」

「ひひひひ……ほなら、客の数をごまかしますのやな」

「そういうことや。もうこれしか手はない。一か八かの勝負、負けるわけにはいかんのや」

そのとき、廊下の方からどたん、ばたん、という物音がして、障子が開いた。女中頭が、若い女を押さえつけていた。善兵衛は目を細めて、

「どないしたのや、おまさ」

「こいつが旦さんらの話を立ち聞きしてましたのや」

「ほう……」

善兵衛は女の顎をぐいと上げ、

「えーと……みつ、やったかな。今の話、聞かれたら死んでもらうしかないなあ。悪う思うなよ。うちに奉公したのがおまえの間違いや」

そう言うと女中頭のおまさに、

「どう始末するか考えるさかい、とりあえずカツオ節蔵に放り込んどけ」

「承知いたしました」

おまさは腰を折った。

◇

「なんということをしてくれたのだ」

西田源左衛門は声を荒らげた。千代之助は悄然として頭を下げている。

「古畑に聞いたぞ。蛙楼の出汁に下し薬を入れようとしていたそうだな」

「最後におのれの過ち(あやま)に気づき、断念いたしました」

「もし、やっていたら、おまえは今頃牢のなかだ。わしの家老取り立ての話もなくなり、同心の職も失うかもしれぬ。おまえは此度の勝負をつぶすつもりだったのか?」

「………」

「おまえはわしの出世がうれしくはないのか」

「うれしゅうございます。なれど……」

「なれど、なんだ?」

「私は大坂を離れとうございませぬ」

「なにゆえだ」

「………」

「答えよ。大坂に残りたいという理由はなんだ」

「………」

「もうよい! わしは今日遅番ゆえ今から奉行所に行かねばならぬ。おまえはしばらく部屋から出るな。大井丸さまの祝いが済むまで謹慎(きんしん)しておれ。よいな!」

千代之助は平伏した。

◇

とうとう最終日になった。夜遅くに、生五郎が幸助のもとにやってきた。生五郎は、

「どっちが勝ったと思わはります？」

「そうだな……。蛙楼は病人が出たが、食当たりではなく、だれかが下し薬を出汁に入れた、ということをおまえが瓦版に書き立てたせいで、かえって評判が上がった。まさかおのれの店の出汁に細工をするはずはないからな。河竹屋はなぞなぞが解かれてしまったし、板場が代わって味が落ちたと喧伝されて客足が落ちたはずだ。これは、蛙楼の勝ちだろう」

「ところがどっこい、河竹屋の客の数はまるで変わりまへん。毎日、満席だすのや」

「そんなはずはない。昨日、俺はまえを通ったが、閑散（かんさん）としていたぞ」

「この数字を見とくなはれ。蛙楼と河竹屋はほぼ同じだす。ちょっとだけ河竹屋の方が多い」

「うーむ、おかしいな……」

「町奉行所からの検分役が目ぇ光らせてたはずやさかい、数に間違いはおまへんやろ。

とりあえず明日の朝、この結果を配りまっさ」

　そのとき、

「かっこん先生……」

　暗い声とともに藤兵衛が入ってきた。

「どうした、家主殿」

「どうもこうも……おみつがいなくなりましたのや」

「なに？」

　藤兵衛は肩を落とし、

「もう、わてにはなにがなにやら……」

　右目が紫色に腫(は)れ上がっている。

「順序だてて申してみよ」

「さっき、おみつを辞めさせるつもりで河竹屋に参りましたら番頭が、あの娘なら昨日クビにした、とこう言いますのや。そんなはずはない、うちには帰ってきてない、て言うたら、薄ら笑いを浮かべて、それはこっちの知ったことやない、若い娘やさかいどこぞで遊び惚(ほう)けてるのとちがうか……そんなことを抜かしよった。嘘つけ、おみつを出せ、おみつを返せ、て叫んでたら、奉公人がぎょうさん出てきて、わてをどつくやら蹴るやら……さんざんな目にあわされて、帰ってきましたのや。クビになったことをわてに言えず、家に帰りづらいのか、とも思いましたけど、あいつの気性からしたら、お父ちゃんごめん、クビになってしもたー、てあっけらかんと言うはずや。あいつの行きそうなところをあちこち探したけど、どこにも見当たらん。もうどうしたらええか……思い余って、先生のところに相談に来ましたのや」

「そうか。それはたいへんだったな。まずは手当てをしろ。水で冷やした方がよいぞ」

「わてのことはどうでもよろしいねん。なんとかしておみつを見つけ出さんと……」

「よし、わかった。俺も心当たりを探してみよう」

生五郎も、

「わても力貸すで」

「どうかよろしゅうお願いいたします」

藤兵衛は両手を合わせて幸助と生五郎を拝んだ。

◇

幸助が真っ先に向かったのは、天満の同心町である。すでに亥の刻（午後十時頃）を過ぎており、拝領屋敷が並ぶその界隈は森閑としていた。茜田源左衛門の役宅はすぐに見つかった。門は閉まっていたが、かまわず叩く。やがて、以前、見かけたことがある矢蔵という家僕が顔を見せた。

「みつ？　そんな娘、来てはおりませぬ」

「嘘ではあるまいな。では、千代之助殿に会わせてもらいたい」

「千代之助さまもお留守です」

「こんな夜中にどこに行った？」

「なぜどこのだれとも知れんあんたに言わなければならんのです。留守だと言ったら留守です。旦那さまも夜勤で、今、この家には私しかおりませぬ。帰ってくだされ」

幸助は大声で、

「千代之助殿！　おみつさんの行き方が知れぬのだ！　俺の声が聞こえたら出てきてくれ！」

矢蔵はあわてて、

「ちょ、ちょっとそんなことされたら困ります。帰ってくれ！」

「おーい、千代之助殿！　千代之助殿！　おられるなら返事をしてくれ！」

その声に応えるように、どたどたという音がして、なかから千代之助が飛び出してきた。

「おお、葛幸助殿！」

「おみつさんがいなくなったのだ。河竹屋は、昨日、暇を出した、そのあとのことは知らないと言い張っておる。当家に来ているかと思うて来てみたのだが、ここではないとすると……」

千代之助はしばらく考えていたが、

「もしかしたら、あそこかも……」

「あそことは……？」

千代之助はある場所のことを口にした。

「なるほど……ありそうだな」

「参りましょう！」

矢蔵は、

「千代之助さま、勝手なことをなすってはいけません。あなたさまは今、お父上から謹慎を命じられている身……」

「矢蔵、そこをどけ！」

「いいえ、どきませぬ」

千代之助は矢蔵を突き飛ばすと、

「矢蔵、すまぬ……」

そう言って走り出した。

深夜、茜田源左衛門が同心溜まりで今日の書付などを読んでいると、町奉行鈴木美濃守が入ってきた。寝巻姿である。
「茜田、川魚と海魚の勝負、いずれの勝ちになった？」
「こ、これは、お頭にはその勝負の件、お聞き及びでございましたか」
「聞き及ぶどころではない。毎日、瓦版を取り寄せてな、読むのを楽しみにしておった。なぞなぞがあったり、病人が出たりと、なかなか波瀾（はらん）万丈だったようだな。面白かったぞ」

「ははっ……蛙楼が勝てばおそらく鯛料理、河竹屋が勝てば鯉料理が供されるはずでございました。いずれも端午の節句にふさわしいとは思いましたが、それがしの舌ではいずれがうえとも決めがたく、やむなく日数を限って、その間の客の数で決めることといたしましたる次第……」

「それもよかろう。で、勝敗はいかに」

「川魚料理の河竹屋が上回りましたが、ほんの数名のこと。ほぼ互角でございました。しかし、わずかでも勝ちは勝ち。端午の膳は河竹屋に任そうと存じます」

「そうか……ならば鯉料理だな。大井丸もわしも楽しみにしておるぞ」

そう言うと、鈴木美濃守は同心溜まりを出ていった。それと入れ替わるように、もうひとりの夜番の同心が、

「西田殿、今、矢蔵と申す御身(おんみ)の家僕が、急用とかで参っておると、門番から報(しら)せがあったぞ」

「今時分、なにごとだろう……」

西田は門に急いだ。

「どうした、矢蔵」

「千代之助さまが……千代之助さまが……」

矢蔵から話を聞いた茜田は、

「たしかに河竹屋の、と申したのだな」

「そう聞きました」

「わかった。わしも参る」

「旦那さまはお勤めが……」

「やむをえぬ。べつの夜番を頼んでくる。千代之助はわが妻が残してくれたわしの宝だ。なににも代えられぬ」

茜田はそう言った。

◇

時刻はすでに丑三つを越えていた。黒々とした川面からは涼風が吹き上がっている。一艘の小舟が上流に向かって進んでいく。

「旦さん、着きましたで」

頬かむりをした小柄な船頭がそう言った。声は鹿二のものだった。小舟が岸につけられ、四人が下りてきた。背の高い囲いがあり、そのなかにいくつかの大きな生簀がある。川の水を引き込んでいるものと思われた。

「ここならだれの目にもつきまへんわなあ」

おまさの声だ。手には提灯を持っている。鹿二が、

「どないしまんのや。ズブリとやりまひょか」

「そやなあ。ひと思いにやってもらおか」

河竹屋善兵衛の声である。その腕にはぐったりしたみつが抱えられていた。口には手ぬぐいで猿ぐつわをされているようだ。鹿二が、

「そのあと、この敷地に穴掘って埋めたら、墓いらずだすな」

「そんなことせんでもええ。この生簀見てみい」

善兵衛は生簀のひとつを指差した。黒く、ぬめぬめと輝く巨大な魚が何匹も泳いでいる。

「琵琶湖に棲んでる大ナマズや。食べられはせんけど、たまたま網にかかったさかい、珍しいし、なんぞの役に立つときもあるやろ、と飼うてあったのや。魚だけやのうて、亀でも鳥でも食うてしまう。ひとの死体なんかも食うらしい」

鹿二は薄気味悪そうに生簀をのぞき込んだ。

「ほたら、ここにその娘を……」

「放り込んだら、ナマズさんが始末してくれるわい。——さあ、早うやってしまえ」

鹿二は匕首を引き抜いた。

「あんたにはなんの恨みもないけど、これもめぐり合わせや。悪う思うなや。なんまんだぶつ……」

鹿二が匕首をみつの胸に突き立てようとしたとき、

「待て！　おみつ殿に傷ひとつでもつけてみろ。私が許さぬ」

走り込んできたのは前髪立ちの若者だ。すでに抜刀している。善兵衛が、

「だれや、おまえは……」

鹿二が、

「こいつだすわ。蛙楼にいたガキ……」

「ほな、おまえは茜田さまの……」

「茜田源左衛門の一子、千代之助だ！」

「ややこしいときにややこしいやつが来たな。けど、見られたうえはしゃあない。——鹿二、こいつもやってしまえ」

「へえ！」

鹿二と千代之助は斬り結んだが、暗いうえに、鹿二は身が軽く、前後左右に目まぐるしく動き回り、攻撃を繰り出してくる。千代之助は必死になって応戦したが、足もとが濡れていて、滑ってしまった。尻もちを突いた千代之助に鹿二が馬乗りになったとき、べつのだれかが鹿二に十手で打ちかかった。鹿二はかろうじて避け、その人物に向き直って叫んだ。

「邪魔するな！」

千代之助は起き上がると、

「父上……！」

それは茜田源左衛門だった。

「間に合ったか。おまえはその娘を……」

「はいっ」

千代之助はみつの猿ぐつわを外した。みつは千代之助にすがりついた。善兵衛は、

「茜田さま、これはなにかの間違いで……」

「言うな！　かかる悪人とも知らず、貴様に若君の祝い膳を頼もうとしたそれがしが馬鹿だった。そこへ直れ。成敗してくれる」

「ちっ……」

舌打ちをして善兵衛も匕首を抜いた。しかし、茜田源左衛門は目にもとまらぬ早わざで十手を善兵衛の手首に叩きつけた。善兵衛は匕首を落とし、後ろへ下がった。

「父上、お見事！」

千代之助が叫ぶと、茜田源左衛門は笑って、

「わしは町奉行所の同心だぞ。忘れたのか？」

鹿二が匕首を構え、しゃにむに突進してきたが、茜田源左衛門は軽くいなして、その腕を摑み、すばやく縄をかけた。しかし、その隙に、河竹屋とおまさがその場をそっと抜け出すと、もやってあった小舟に飛び乗った。

「父上、あのふたりが逃げます！」

「放っておけ。店の場所もわかっておる。もうなにもできまい」

「父上……勝手なことをして申し訳ありませぬ」

「よい。わしも、おまえの母が死んでから、御用繁多にかまけて、おまえとじっくり話をすることもなかったな。わしの方こそ謝らねばならぬ」

そんな父子の様子を少し離れたところで見つめていたものがいた。幸助である。わざと手を貸さなかったのだ。

（これにて一件落着、というところだな……）

しかし、そうはならなかったのである。

◇

みつは無事に藤兵衛のもとに戻った。藤兵衛は安堵のあまり腰が抜けたようになったが、みつは案外さばさばとして、

「きっとだれかが来てくれると信じてました」

おそらく茜田父子に助けられたのがよほどうれしかったのだろう。

一方、河竹屋善兵衛と女中頭おまさの行方は杳として知れなかった。みつの証言により、河竹屋が客の人数を水増ししていたのではないか、という疑いが生じ、茜田が調べたところ、検分役が賄賂を受け取っていたことがわかった。町奉行所の捕り方たちが河竹屋に向かったが、店にふたりの姿はなかった。番頭はじめ奉公人たちも寝耳に水の驚きだったようで、今後店が潰れるのか存続できるのかすらわからず、ひたすらうろたえるだけであった。

そして、とうとう五月五日になった。端午の節句である。男児のいる武家では鯉の滝登りを描いた幟を立て、鎧兜を飾り、祝宴が催される。各蔵屋敷や大坂城においい

ても同様の行事が行われているはずである。町人たちもこの日は菖蒲を屋根に葺き、ちまきを食べて、節句を祝う。

蛙楼昭介は、明石から夜船で運ばれてきた十数匹の鯛をまえに満悦の笑みを浮かべていた。

「うちも毎日、明石鯛を仕入れてはいるが、これほど見事な大鯛が揃うのはめったにないことや」

仕入れを担当した番頭の井三郎は、

「一本ずつ選りすぐって吟味しました。その代わり、勘定もかなりのものになりましたが……」

「かまへん。お奉行さまの祝いの席に出す料理や。一時は河竹屋に負けたと思うたが、こうしてうちがこしらえることになった。末代までの誉やないか」

そこへ茜田源左衛門が現れた。

「主、今日はよろしく頼むぞ」

「へえ、今から板場とも打ち合わせをしまして、お奉行所に参るつもりだす」

「うむ。奉行所の台所をお借りする手はずになっておる」

「旦さん、見とくなはれ。この鯛……自分でもほれぼれするようなええ鯛だっせ」

「おお……まさに桜鯛だな。色鮮やかで壮観だ。お頭もさぞかしお喜びになられるだろう」

「ほかにもアジ、カサゴ、タチウオ、スズキ、クルマエビ……いろいろとええのが入りました」

「なるほど。しかし、今日はお頭のご子息の立身出世を願う会だ。めでたい鯛の料理を主に出してくれるのだろうな」

「それはもちろん……」

「では、あとは任せる。奉行所で待っておるぞ」

あたふたと茜田は帰っていった。

「茜田の旦さん、なんや浮かれてはりますな」

「これだけの鯛を見たら、めで鯛気持ちになるもんや。さあ、そろそろ支度にかかっとくなはれ」

蛙楼昭介の口調も浮かれていた。

◇

「さあ、急いでや。お奉行所に届ける大事な鯛や。いきのええうちに運ばんとどもならんで！」

生きた鯛の載った数台のベカ車が轟きを上げながら、蛙楼から西町奉行所を目指していた。車を押しているのは蛙楼の奉公人たちで、それを番頭の井三郎が先頭で指図している。西本願寺の横を過ぎ、本町を西から東へと向かっていると、五、六人のごろつき風の男たちがそのまえに立ちはだかった。

「な、なんや、おまえら！」

井三郎が震え声で言うと、男たちはベカ車に群がり、ひっくり返した。

「なにをするのや！」

井三郎が男たちにつかみかかろうとすると、

「やかましい！　すっこんどれ！　それとも死にたいんか！」

ひとりが井三郎を蹴飛ばした。井三郎は「きゅう」と言って転がった。男たちはたらいを道にぶちまけると、ぴちぴち跳ねる鯛を足で踏みしだき、泥だらけにした。

「やめてくれ！　やめてくれ！」

涙声で叫ぶ井三郎を男たちは殴り飛ばすと、

「これでええ。去のか」

そう言うと走り去った。井三郎は呆然として泥だらけの鯛の一匹を持ち上げたが、それはもう死んでいた。

◇

西町奉行所の台所は大勢の板場が料理をはじめていた。出汁は馥郁とした香りを立ち上らせ、野菜類は切り調えられ、かまどの飯は炊きあげられるのを待っていた。少し離れた一室に、幸助、お福、千代之助、そして、みつと藤兵衛がいた。今回の祝い膳に深くかかわったものとして、茜田源左衛門が招待したのだ。

「祝いに列席していただくわけにはまいらぬが、ここにて同じ料理を食していただこうと思う。どうか味わってくだされ」

茜田はそう言った。蛙楼昭介も、

「皆さまにはひとかたならぬご尽力を賜り、また、窮地をお助けいただきました。

そのお礼と申してはなんでございますが、蛙楼の祝い膳、ご賞味いただければ幸甚でございます」

　みつが、

「うわあ、楽しみやなあ。お代わりできるやろか」

　藤兵衛が、

「こら、はしたないことを言うな。おまえは黙って食べたらええねん」

「けど、どんなすごい鯛の料理が出るのやろ、と思たらうれしゅうてうれしゅうて……」

　昭介が微笑みながら、

「そこまで言うていただいたら料理屋冥利につきます。期待しとくなはれ」

　そのとき、廊下を走るどたばたという足音がして、番頭の井三郎が現れた。

「なんや、番頭どん、騒々しい。ここをどこやと思とるのや。お奉行所のなかやで」

　井三郎は昭介の言葉をさえぎって、

「えらいことでおます。こちらに届ける手はずになっていた鯛が……無茶もの連中にめちゃくちゃにされてしまいました」

「な、なんやと！」

「すんまへん……わてがついていながら……」

井三郎は涙ながらに頭を下げた。昭介は、

「その鯛、もう使いものにはならんのか？」

「へえ……無理やと思います……」

「代わりはないか？」

「雑喉場に子どもを走らせましたけど、今日入ってきた鯛はみな売れてしもて、一匹も残ってないそうでおます」

「そやろなあ。もう昼過ぎやさかいなあ……」

「旦さん、こうなったら今日、鯛を仕入れた料理屋一軒ずつ回って、頭下げて、鯛を買わせてもらうしかないのと違いますか」

「せやけど……それでは同商売の店に迷惑がかかるやないか。それに、うちが集めた鯛ほどのものは揃わんやろ」

お福が、

「河竹屋の仕業やろな。破れかぶれになって、とにかく今日の祝いを潰しにかかっとるのや」

そう言うと、

「ふふふふ……そういうこっちゃ」

廊下に立っていたのは河竹屋善兵衛とおまさだった。蛙楼の主は善兵衛の胸ぐらを摑んだが、善兵衛は不敵に笑って、

「わしはもう失うものはなにもない。けど、おまえも道連れや。祝い膳をめちゃくちゃにして、おまえと茜田さまを出世の道から引きずり下ろしたる……それだけや」

茜田は、

「おまえというやつは……それほど金もうけがしたいのか」

「なんとでも言え。わしはな、川魚が海魚より優れてると心から信じとるのや。川魚が海魚に負けるのは我慢ならん。鯛なんか食うて喜んどるあんたは食通どころかアホ舌や」

「…………」

「もう手遅れや。めでたい席なのに鯛はない。祝いが台なしやな。川魚の勝ちや。あっはっはっはっはっ……」

それを聞いてお福が言った。

「あのなあ……おまえらは最初から負けとるのや」

「なんやと？」

「おまえらの店、出汁はなんで取ってる？　昆布とカツオやろ？」

善兵衛はハッとした。

「土台、海のもんを頼らんと出汁ひとつ取れんのや。海のもんには海のもんのよさが、川のもんにも川のもんのよさがある……そんな単純なことがなんでわからんのや。海でも川でも空でも地面でも……旬の美味しいものを使うて客を喜ばせたら、それが日本一ゆうことや」

善兵衛はがくりと肩を落とした。茜田源左衛門が善兵衛とおまさを縛り上げた。ふたりはもう抵抗しなかった。

「こやつらを牢に入れろ」

茜田は年下の同心にそう言った。善兵衛とおまさは無言で連れていかれた。茜田は座り込むと、

「どうすればよい……。やはり、やつの言うようにもう手遅れなのか……」

昭介も、

「すんまへん。ほかの料理の材料は無事やさかい全部作れますのやが、肝心の鯛がのうては……」

どんよりとした空気が漂った。昭介が、

「こないしていてもはじまらん。番頭どん、小さい鯛でもなんでもええから掻き集めてきとくれ。あるもんでなんとかしよ。それでお叱りを受けたら、そのときはそのときや」

「そ、そうだすな。わかりました」

番頭の井三郎が台所を出ていこうとするのを、

「待って……！」

そう言ったのはみつだった。

「どうした、みつ？」

千代之助が言った。

「あるもんでなんとかするのやったら、うちに考えがおます。しょうもない思いつきかもしれまへんけど、聞いとくなはれ」

井三郎が、

「あんたに料理のことがわかるのか？　ただの料理やない。お奉行さまに出す祝い膳やで」

幸助が、

「このものの料理の腕は俺が請け合う」

それまで黙っていた茜田が、

「おみつ殿、どういう思いつきか教えてくれ」

「それは……」

みつの話を聞き終えた昭介が、

「よし、それでいこ。あかんかってももともとや。――茜田さま……」

茜田もうなずき、

「おみつ殿、よう言うてくれた。わしは、そなたの思いつきに賭けようと思う」

その声には張りがあった。

◇

端午の節句の祝いは町奉行所の奥書院で行われた。列席者は西町奉行鈴木美濃守、奥方さや、嫡男大井丸君、鈴木家家老千里民部、用人市川甚右衛門、主だった与力、同心、そのほか大坂城代や大坂定番、東町奉行らの代理人など錚々たる顔ぶれであった。

病み上がりの家老千里民部はまず挨拶として、

「本日は鈴木家ご嫡男大井丸君の節句祝いの宴にお越しいただき、ご列席の方々には厚くお礼申します。今から、大坂一の海魚料理屋蛙楼が丹精した膳が出ると聞いております。おそらく吟味に吟味した鯛の尾頭付きなどめでたい料理が並ぶはずでございます。皆さまにおかれましてはゆるりとご堪能いただき、今日の良き日をともに祝うていただきたく存じ上げまする」

まずは口取りとしてかまぼこ、きんとん、海老のしんじょ、叩きごぼう……などが出た。一同はゆっくりと味わっていたが、大井丸が、

「美味しい……！」

と声を上げた。鈴木美濃守は相好を崩し、

「それはよかったのう」

絶妙な出汁加減の吸いものに続いて、カツオとウドのなますが出た。

「歯ざわりがよく、口のなかが洗われるようでございますな」

奥方の評判も上々である。和気あいあいとした雰囲気のなかで料理が進んでいき、皆は舌つづみを打った。そして、焼きものの番になった。鈴木美濃守は大井丸に、

「つぎはおそらく鯛の尾頭付きだ。茜田がとくに蛙楼に言いつけて、一尾ずつ選り抜いた見事な鯛が出るはずゆえ、楽しみにしておけ」

めた。

「はいっ」

大井丸は元気よく応えた。やがて運ばれてきた料理を見て、鈴木美濃守は顔をしかめた。

「なんだ、これは……。尾頭付きではないではないか。どういうことだ。しかも、この魚は鯛ではあるまい」

茜田がその場に平伏し、

「おっしゃるとおり、これは鯛ではございませぬ。スズキの洗い、スズキの炙り焼き、スズキの刺身、スズキの丸の汁……スズキ尽くしでございます」

「なに？　どういうことだ。めでたい席ゆえ鯛が出ると思うておったにスズキを出すとはいかなる所存ぞ」

「申し上げます。それがしの聞いたるところでは、スズキはご当家にとって鯛よりもめでたい魚であると心得ます」

「なんだと……？　その理由を申してみよ」

「我ら武士の源流である源平の争いを記した『平家物語』のはじめに、平清盛入道が熊野権現に参詣する折、スズキが一尾船に飛び込み、それを料理して食したことが瑞祥となって大いに出世した、と記されておりまする」

「ふむ……さようか」

「しかも、ご当家の苗字は鈴木……これはスズキにつながりまする」

「ははは……そう言われれば……」

「そして、スズキは出世魚。関東ではセイゴ、フッコ、スズキ、上方ではセイゴ、ハネ、スズキ……と成長のたびに名を変えまする。他家はいざ知らず、ご当家にとってはもっとも縁起のよい魚かと……」

そのとき大井丸が、

「父上、この魚、美味しゅうございまする！」

「ははは……そうか……そうか……」

鈴木美濃守は笑みを浮かべ、

「西田……その方の気持ち、感じ入ったぞ。ありふれた鯛ではなくスズキを用(もち)いたことで、今日の供応(きょうおう)はよそとは異なる、類を見ぬものになった。礼を言うぞ」

「もったいないお言葉……」

西田源左衛門は頭を下げた。

◇

翌日の昼間、蛙楼の二階の座敷で、幸助、お福、藤兵衛、みつ、生五郎、問多羅江雷蔵たちは魚料理を食べていた。もちろん酒もたっぷりある。主人昭介が、今度のことへの感謝の気持ちとしてふるまってくれたのだ。

「それにしても、端午の祝い膳にそんな裏話があったとはな……」

幸助が言った。彼らはみつから、今回の料理が茜田の家老への出世がかかっていたことを聞かされて驚いたところだった。お福が、

「そら、必死にもなるわ。四千石の旗本の家老やさかいな。鈴木美濃守は江戸町奉行に出世、茜田さんは家老に出世……出世魚の効能や」

幸助がみつにそっと、

「それでよいのか？　千代之助には会えなくなるのだぞ」

みつはニコッとして、

「かましまへん。先生、うち、千代之助さまがお兄ちゃんみたいに思えてただけだす。ちょっと悲しかったけど、もう大丈夫」

本気ではないだろうが、落ち着いているようなので、幸助もホッとした。

「お邪魔いたします……。わてもお仲間に入れていただけますか」

昭介が入ってきた。一同に頭を下げ、

「皆さまのおかげでなんとか面目を保つことができました。お礼申し上げます。けど……もう、あんな勝負は二度とご免だす。料理を勝ち負けの道具に使たらあかん、ということがようわかりました。ぴりぴりしながら食べたら味が落ちる。お客さんにはのんびりくつろいで味わっていただくのがなによりだすなあ」

藤兵衛が、

「美味い美味い、ほんまに美味い。みつもこの店に奉公させたらよかったわ」

「うちは願ったりかなったりだす。あのときおみつさんがスズキを使ったらどうか、と言い出さなんだら、今頃こんな風に酒飲んでられん。どうだす、おみつさん、うちの板場に入りなはるか？」

みつはそっとかぶりを振り、

「いえ……うちはもう板場の修業をするつもりはおまへん。えらそうな言い方だすけど、自分流の料理を家でこしらえて、ときどき皆さんにふるまうのがいちばん楽しいさかい……」

「さよか。残念やなあ……」

昭介は本気で惜しがっている様子だった。皆が盛大に飲み食いしていると、襖が開き、茜田父子が入ってきた。お福が、

「お先にいただいてます。さあ、ご家老さまの就任祝いや。一杯どうぞ」

茜田源左衛門は笑いながら、

「たった今、お頭に、鈴木家家老の件、はっきりお断りしてまいった」

一同は驚いた。昭介が、

「な、なんでだす？　お奉行さまもあの料理、えらい喜んではったそうだすがな」

「うむ。それがしの仕切る力をお頭は認めてくださり、ぜひ家老に、とおっしゃってくださった。だが、昨日思うたのだ。それがし一人(いちにん)ではあの危難(きなん)、とうてい乗り切ることはできなかった。ここにおられる皆さま方のお力添えがあってこそだった。あのあと、千代之助ともよう話し合うたのだが……茜田家は代々大坂の民のために尽くしてきた家柄だ。これからも町の衆の助けになるよう務めを果たしていきたい……そう思うようになったのだ」

昭介が、

「それはわてらにはうれしいことやけど……なんとももったいない……」

「ははは……千代之助に『父上に出世してほしくありません』と言われて目が覚めた。それがしは出世しないことに決めたのだ。お頭にもわかっていただけた」

千代之助が、

「若さまも、はじめは寂しそうにしておられましたが、最後には、ときどき江戸に遊びにきてくれ、と笑顔でおっしゃっていただいた」

そう言って、みつをちらりと見た。みつは大きな口を開けて、刺身をぱくりと食べた。幸助はそんなふたりの様子に満足しながら、酒の肴として出されたスルメを懐紙に包んだ。家で留守番しているある仁への土産にするつもりである。

この作品は徳間文庫のために書下されました。

徳間文庫

貧乏神あんど福の神
なぞなぞが謎を呼ぶ

2024年1月15日　初刷

著者　田中啓文（たなかひろふみ）
発行者　小宮英行
発行所　株式会社徳間書店
東京都品川区上大崎三―一―一
目黒セントラルスクエア　〒141―8202
電話　編集〇三(五四〇三)四三四九
販売〇四九(二九三)五五二一
振替　〇〇一四〇―〇―四四三九二
印刷
製本　大日本印刷株式会社

ISBN978-4-19-894912-9　（乱丁、落丁本はお取りかえいたします）

徳間文庫の好評既刊

梶よう子

とむらい屋颯太

新鳥越町二丁目に「とむらい屋」はある。葬儀の段取りをする颯太、死化粧を施すおちえ、渡りの坊主の道俊。時に水死体が苦手な医者巧先生や奉行所の韮崎宗十郎の力を借りながらも、色恋心中、幼なじみの死、赤ん坊の死と様々な別れに向き合う。十一歳の時、弔いを生業にすると心に決めた颯太。そのきっかけとなった出来事とは――。江戸時代のおくりびとたちを鮮烈に描いた心打つ物語。